彭歌。憶春臺舊友

記錄有意味的生命片段（自序）

年輕的時候，寫作很勤，曾經「立志」每年至少出版一本書。這個小小願望似乎不難達到；最多的時候，一年之間可以出四、五本新作，還不算再版、加印甚麼的。

然而，正如陶淵明所說，「盛年不重來，一日難再晨」；人很快就老起來，從一九九一年退休之後，我好像只出過一兩本書。將近廿年光陰，彈指而過。倒並不是寫作的銳氣減退了，而是心境大大不同。以前，總是把文學創作看作是莊嚴的大事，老年的想法是，「真有那麼重要嗎？」如果說，「看得開」、「放得下」就是智慧，寫作又算得了甚麼呢？所謂「千古不朽」，真有那樣的事嗎？

可是，愛好寫作的人，畢竟有一種無可解釋的癡迷，一種「無可忘情」，一種「明知其不可而為之」的執著。

前蘇聯那位以寫詩揚名、卻因寫長篇小說《齊瓦哥醫生》而得到諾貝爾文學獎的巴斯特納克，有一段話深得我心：

「……藝術不斷關注的有兩點：它永遠在為死亡默想，而且永遠在創造生命。一切偉大的真正的藝術，都是在模仿並延續聖若望的啟示。」

文學藝術關注的正是在生死之間的歷程，也彷彿是宗教：有一種超乎理性的、難以言詮的神祕感。

人生的若干奧祕，或正是要到了我這般風燭殘年的時候才能體會得深切吧，譬如友情。

君子之交淡如水，要經歷很多很多年之後，才能充分品味出這「淡如水」的真滋味。盡在不言中。

中華民國筆會和春臺小集，是我無意中參與的兩個文學團體。沒想到在那兒結識的一些朋友，幾乎都成為我終身的友伴。那些朋友中，有幾位已走完了人生的旅途，有幾位皆入暮年，當年最年輕的我，也已年逾八旬，去日苦多。

那些朋友，身世各異，性格不同，僅有的共同志趣大概唯有文學。我們明白，有了文學，世界不見得就會變好；然而，從寫作中嘗試走出一條路，「報國淑世，我輩不辭其勞」。當然，現在想想，這也算是一種癡迷。一種少年期的不成熟的樂觀主義。

我譯皮爾博士《人生的光明面》那本書裡，他為「朋友」下的定義是：「你最好的朋友，乃是將你心中本來有的最好的東西引發出來的人。」我很欣賞這句話，好朋友並不能「給」你甚麼，但他可以在有意無意之間，激勵提升，「引發」你成為一個更好的人。

死亡不意味著終結，文章也不見得真能不朽。但我寄望用這幾篇短文，記錄下有意味的生命片段，以感恩懷舊的心情，寫下那隨風而去的友情，超乎平常的悲悼之外。

彭　歌

二〇〇九年十一月十二日

目錄

輯一・憶春臺舊友

春臺那幾位「文藝青年」

彷彿是風雨交加的黃昏，匆匆忙忙趕路。路邊有高高低低的樹，偶爾出現迷離睡眼一般的幽幽的燈光。那些燈光照不到我面前的道路，可是，給我這踽踽獨行的旅人一些說不出來的鼓勵和安慰。那燈光，就像那一群朋友。

可是，走著走著，驀然發現，燈光在無聲無息之中熄滅了，一盞一盞，沒有預警，沒有告別，祇是悄悄地消失。「回首燈火闌珊處」，也還不對，熄滅就是熄滅，再也看不到猶有闌珊餘暉，西風殘照。去了的，永遠不能再回來。

老朋友一個一個相繼凋零，這時候，才真正體會到所謂「風燭殘年」的蕭索滋味。

最好的朋友，使你成為更好的人

我翻譯皮爾博士的《人生的光明面》，有一句話為「朋友」下定義：

你最好的朋友，乃是將你內心中本來有的最好的東西引發出來的人。

我很欣賞這句話。有些東西，是人本來有的，卻常常是在朋友們互相切磋、互相鼓勵之下才得提升出來。某種才能、某種觀念、某種感情，最好的朋友，使你成為更好的人。

那一群朋友，因偶然機緣相聚，由於是文學上的「同好」，交往便特別顯得親切。十幾個人之中，有一兩位年長的（當時也不過是四十來歲吧），已著文名；其餘都還是二三十來歲、剛剛出道的「文藝青年」。社會上沒有什麼人知道我們，我們自己也都沒有把自己看得多麼「嚴重」。過了許多年之後，已去世的和依然健在的，都各憑作品建立起自己的聲名，合起來算，著述翻譯，總有五六百本。有些人身後有紀念文集，受到兩岸的讀者稱道讚賞。這是以前沒有想到過的。

「春臺」文友每月小集

這個小之又小的文友集團，沒有名稱，沒有組織，更沒有規章，祇是過一陣子在一起吃吃飯，聊聊天。詩人周棄子有一回為了小聚賦詩一首，說是「春臺小集」如何如何，於是便沿用下來，稱為「春臺」，也許因為第一回聚會是春天，在臺北，也可能跟這兩者都無關。棄子說得好，向來中國文人的館閣亭軒，都是從圖章上做起。春臺也者，便祇是一個「象徵符號」，連圖章也還沒有。

我記得，第一回聚會，是在老中華路上的「真北平」，地方很簡陋，都屬於現在難以看到的「違章建築」風格，但菜做得很地道。做主人的好像是司馬桑敦和郭嗣汾。出席的是周棄子、潘琦君、李唐基、何凡、林海音、聶華苓、郭衣洞和我，大概就這十個人，算是「原始會員」。那回是因為司馬或嗣汾拿了一筆比較優厚的稿費，所以請請客。那年頭兒，大家雖說都很窮，下小館兒的興致還是高的，領到稿費彷彿是正常薪資以外的意外之財。約朋友共餐小敍，是合情合理、最好的用途。但坐下來吃一整桌的豪舉，還要算是滿隆重的。

那一頓飯吃得很開心。幾道北方菜，無非是糟溜魚片、煎小丸子等，還有烤鴨，在當時算是名貴的了。那天好像是週末，一直聊到飯館都沒有人了才散席。向主人道謝時，記不起誰先提議，「這樣的聚會滿有意思，下次我來召集，原班人馬，誰也不能不來。」

就這樣開始了「小集」，通常是每月一聚，或在飯館裡，或在家裡吃自助餐，不拘形式，也不定討論什麼題目，反正話題總離不開古今中外的文學創作。誰讀了什麼好書，誰寫了新的作品，都在邊吃邊聊時，交換交換意見，其樂融融。我的感覺是，每個人談的都是發自肺腑的真心話，沒有敷敷衍衍，虛與委蛇，有什麼就講什麼，也不作興互相標榜什麼的。

這之後，成員逐漸有些增加。夏道平、高陽（許晏駢）、南郭（林適存），不久又有吳魯芹、夏濟安、劉守宜。這三位原來常常聚會，後來有一陣子與「春臺」合併舉行。居住在外地，偶爾來臺北，趕上了一定參加的是臺中的孟瑤（揚宗珍）、金門的公孫嬿（查顯琳）。最年輕的一個是王敬羲。當時他還是師範大學的學生，梁實秋先生的高足。

這一夥人當然談不上誰代表誰，更非文壇上的某種宗派，而祇是一個年輕的知識份子群的小小抽樣，大家很誠懇地熱愛文學，熱愛人生，各自以勤懇負責的態度待人律己。對於眼前的種種艱困，不甚措意，對於未來，懷著無窮的希望。（周棄子以「一團漆黑」形容他的心境，算是唯一的例外。）

熱愛文學、熱愛人生的知識份子

如果勉強要歸納一些共同的特色，大家都屬於沒有恆產的「受薪族」，有的是公務員、軍人、教書，有的在文化界新聞界，在名義上的「本業」之外，對於寫作都有幾分狂熱，甚至認為這才是我們「報國淑世」最好的途徑。

這些人來自四面八方，不同的學歷經歷，不同的人生觀和宗教信仰，始終能保持著「君子和而不同」的境界。對於國家大事，好像總覺得「天塌下來，自有長人頂」；而且很樂觀地相信，「有我們這股幹勁，臺灣就不會垮」。

這十幾個知識份子，和當時的大多數知識份子想法看法，大概也沒有多少分別。大家都不喜歡大陸上共產黨的作為，（否則也不會一個個千山萬水到臺灣來），但也並沒有成天到晚把「反共」扛起來當一塊招牌。可是，偶爾也會說，「眼前吃這點兒苦算得了什麼，將來回到大陸就好了。」明知那是遙不可及的夢，可不能不存著那樣的希望。

那年月，沒人想到「統一」，更沒人想到「臺獨」，現今吵得熱鬧的什麼「統獨之爭」，根本不存在。不管個人有什麼見解，從來沒有懷疑過「我是中國人」。中國人應該自由平等，而和大陸同胞對照起來，我們是比較自由、比較平等的中國人，因此有一種說不出的豪情勝概。儘管日常生活裡免不了這樣那樣的麻煩和困窘，精神上卻有「高人一等」的自信。

當然，外在環境不斷地變化，每個人、乃至人與人之間，也都在默默變化之中。春臺這一小群朋友，各有不同的遭遇，有的人走得比較順暢，有的人有些波折。回頭來看，令人有無限的留戀欷歔。死去的仍留下音容笑貌，活著的也都已去日苦多。我有時會懷疑，「在那樣艱難的歲月裡，我們真曾經過得那樣快樂、那樣勇敢嗎？」

小題大作寫出對老友的懷念

近來讀過不少時人傳記、回憶錄之類，也看到某些談什麼什麼「事件」的報導，聽朋友說，「某些人就是喜歡小題大作」。到了我這般年紀，就小題大作一番，也該說得過去了吧！

「春臺」集會從一九五〇年代開始，後來我去美讀書，一九六四年回到臺北，情勢已有許多改變。春臺照舊辦過幾次，味道已大不同。我想，主要是因為每個人都更忙，肩負了更多的責任，也更迫不及待地要寫出些東西來。

請容我從記憶中抽絲剝繭，對這些老友寫出我對他們的印象和懷念，十多位已經作古，在世的還有五、六人。這不是著史立說，不過我倒相信，這些朋友留下的作品，與那逝去的時代分不開，在文壇上已經各有他們的地位。

想到就寫到，從最先離開我們的開始。

蹄聲已遠

——記司馬桑敦

司馬桑敦是最先離開春臺、離開臺灣的；他也是最先離開這個世界的。

我幼年在北方長大，與東北朋友交往不少。北方民眾對東北人觀感不是很好，早年有奉軍「張大帥」開府北京，做過一些不講理的事。九一八事變之後，有些在皇軍下面當翻譯的東北人，為虎作倀，招人唾恨。這些都屬以偏概全的偏見。

典型的東北漢子

真正的東北人，都有一股慷慨悲歌的凜然正氣。司馬正是一個典型。

他本名王光逖，一九一八年五月四日生於遼寧省金縣城內。九一八變起，日軍占據東北。司馬是年十三歲，開始關懷國事，勤讀報紙。第二年小學畢業，離家北上，投奔當連長的二哥，被編入「抗日救國教導隊」。

二十歲那年，他因投稿機緣，進《大北新報》，與新聞工作結不解之緣。他沒有受過正規的新聞教育，但他用平生的辛勤工作證明，他是當代最具分析力的記者之一。

他代表《聯合報》擔任駐日特派員，歷年所寫的通訊，結集為《江戶十年》和《扶桑漫步》，是了解日本當時政壇與社會極有價值的作品。

我在認識他之前，就讀過他一篇報導而留下深刻印象。

一九四八年秋天，我在南京，是政治大學新聞系三年級的學生。當時東北局勢惡化，長春、瀋陽等都市相繼被共軍占領。司馬逃到北平之後，發表〈爬！爬!!爬!!!爬出了長春封鎖線〉長文。這篇有血有淚的報告文學，憑親身經歷，對共軍的「人海戰術」做了生動的描述。那篇文章好像是先由香港的報紙轉載，再回流到廣東、湖南等各省。我讀到時並不記得作者是誰，但那「爬！爬!!爬!!!」的題目，驚心動魄。內戰烽火，似乎就在我們身邊燃燒。在臺北相識之後，提起這篇舊作，才知是他的大手筆，令我對他十分佩服。

司馬寫作態度謹嚴，短篇小說篇篇精采。他平日為人謙抑自守，甚至可說很低調；但他的小說中常常顯現一種獷野粗豪、桀驁不馴的風格，像〈山洪暴發的時候〉等篇皆是。古人評讚蘇東坡的詞，「關西大漢，執銅琵琶，擊鐵綽板，唱大江東去」；每讀司

司馬桑敦不喜歡日本，但他最懂得日本，並在東京揚名。

馬的小說，我都有這種感觸。那樣「橫放傑出」的氣魄與風格，當時已屬少見，今天更是難求。

一九五四年，他要到日本去讀書，當時出國的機會甚難，大家都為他致賀。不過我覺得歐洲可能對他更適合，我的印象，戰後復起的日本因緣時會，但仍是一個「小擺設之國」。

司馬去日不久，參觀了一些工業，鋼鐵和造船都正走紅，他鄭重其事寫信告訴我，日本現在可不是「小擺設」了。

應聘《聯合報》駐日特派員

這時他應聘出任《聯合報》駐日特派員。彼時臺灣經濟尚未起飛，除了蔗糖、稻米之外，輕工業剛剛扎根。報紙限張在兩大張八頁。國際通訊因為電話電報都很昂貴，通常是航空郵寄。司馬的通訊，每篇約三千字，刊在第二、三版上，很受同業和讀者的重視。報社對他也是禮遇有加。他有時回臺北述職，都是住在王惕吾先生家中。

司馬的通訊寫得好有幾個原因：第一、他生長在東北，日本語文造詣甚深。這種「幼工」是一特殊條件。第二、他到日本後入東京大學攻讀，東京大學前身即東京帝國大學，所謂「赤門生」，在日本的政商文化界都有特殊地位，他對日本的理解，非一般淺嘗輒止者所能比。第三、更因他有深厚的文學素養，筆端常帶感情，形成另一特色。

我曾到日本多次，其中有兩回停留時間稍長，他都從郊外住處趕到市中心來陪我，觀賞日本的戲劇，參觀大學和圖書館，到神田町去逛舊書店。我們都是內心中強烈「反日」的人，但對日本人戰後的復起，不能不佩服。

《野馬傳》寫出東北人戰亂中的流離

司馬留日期間，寫過好幾本好論著，但他自己最重視的是長篇小說《野馬傳》，以一個東北籍國劇女演員的身世，寫東北人的悲情。書是先在臺北自費印的，第一版就寄給我存念。可是，過了幾個月忽然聽說這本書被查禁了。《野馬傳》寫出東北人在滄桑亂離中的迷失感，作者寫到國共內戰，對共產黨有批判，對國民黨也有檢討，想不到在中共沒有來得及封殺之前，竟在臺北被禁。

這件事，司馬生前絕口不提，但相信對他的精神打擊不小。政治干擾文學，是一個從事寫作的人最難忍受的事。

1956年春，司馬桑敦與妻金仲達攝於東京澀谷。
（翻攝自金仲達編《野馬停蹄》，爾雅出版社）

一九七七年，司馬五十九歲，從《聯合報》自請退休後離日赴美，他的這個決定，春臺朋友們都感到有幾分意外。不過，深一層想想，是可以理解的。

他在日本住了二十三年，文名遠揚，跟日本有關。但在舉世各國中，司馬最不喜歡的國家，就是日本。離開日本是他默默的心願。

其次，司馬為世人所知，大多尊敬他是名記者，但他內心更看重的，毋寧是文學創作。他很有敬業精神，新聞工作的確做得很出色，但他有所不滿足。《野馬傳》之後，他還有更強的企圖心。

他也很有心辦報，那未免是一個比較浪漫的想法。一九八一年，他以六十三歲之年在洛杉磯病逝。

司馬逝世後，由他的夫人金仲達女士主編了一本紀念集《野馬停蹄》（臺北爾雅出版），篇幅不多，但很有份量。其中如韓道誠（寒爵）的〈哭司馬桑敦〉，追敘他們在東北從事地下抗日工作，先後被捕，在不同時間先後關在同一間監牢中。寒爵看到牆上有用筷子劃上去的字：「王光逖×年×月×日到此」。牆上有變黑的血漬。後來在獄中相見，彼此都為對方祝福。那種血淚交凝的經驗與豪情，感人肺腑。惟其有為國犧牲的烈士心情，才能成就他那樣一型的作家。

臺灣有位歌手楊烈，聲音宏亮，身材魁梧，我覺得他和我印象中壯年時期的司馬頗有幾分相似。偶爾在電視上看到楊烈，不期然就會聯想到司馬。

年輕一代愛好寫作的人，還有多少人仔細讀過司馬的小說？想到這，令人為了眼前的風花雪月感到無限蒼涼。

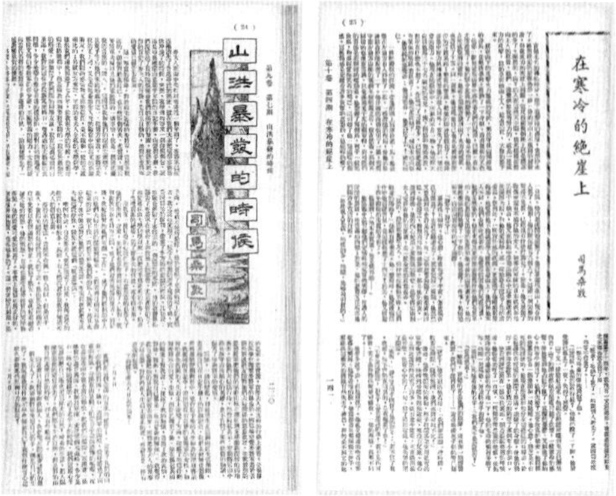
山洪暴發的時候

司馬桑敦

在寒冷的絕崖上

司馬桑敦

司馬桑敦當年有許多作品發表於《自由中國》。〈山洪暴發的時候〉（1953年10月）、〈在寒冷的絕崖上〉（1954年2月）。（文訊雜誌社提供）

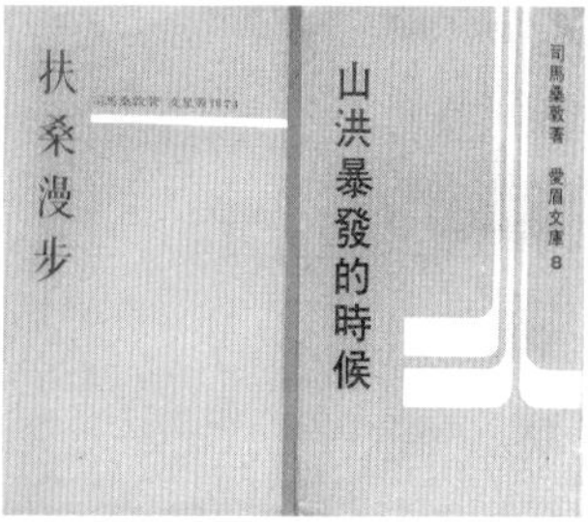

司馬桑敦的代表作：《扶桑漫步》、《山洪暴發的時候》。（應鳳凰提供）

司馬桑敦看日本

司馬桑敦去東京之後，這第一封信我留下來了，信中所寫，約略可以看出當日「文友」之間感情之厚，談來談去，無非是文學、藝術、生活。原信說：

彭歌兄：

來東京，倏已半個多月，因為跑房子，遲未奉候，真是該打之至。到目前，我已看過了幾場電影，幾場舞蹈（包含裸體舞）。此間音樂發表會很多，可惜我沒有時間去聽。文學方面，戰後歐洲的東西滿坑滿谷，我真不知從哪裡看起。老實說，我正在犯精神上的「消化不良」了。唯因此，我真找不準給「自由談」寫個甚麼樣的通訊好。目前，我想到的有兩個：①觀裸舞記，②銀座街頭。出籠總需來月初了。

我給《聯合報》寫的東西，有好壞反應，都請不客氣的指教。如今，我是光桿一個在外國逛的。朋友們，任何一種批評，我都是迫切需要的！

在臺北我們分手的那個車上的鏡頭，我猶記憶腦中。我太太埋怨我為什麼不告訴你我在成都路搭車地點，事後，我也覺得過意不去。但是，當我上飛機後，我覺得我做的還是對的。因為那夜，正遇傾盆大雨，你若真去相送，一定要弄成落湯之雞。縱是那位「魂斷藍橋」先生來了，講不起也要狼狽萬分的了，那恐怕更使我過意不去的了！

你最近又有新作否？我真希望你會有機會來此地看看法國電影，法片注重描寫心理和人性，這個個人主義色彩最濃厚的民族，在文藝上最能深入掌握心底。有機會，我會詳細寫些這方面東西給你的！好了，祝

文安

琦君、衣洞、嗣汾諸大家，請代致意。

弟王光逖　八月廿三日

一面負責新聞採訪，一面讀博士，他實在太忙，所以答應我的文章一直沒有能交卷。不過，我後來有幾次機會去東京，他都趕來相陪。他帶我去看日本的戲劇，逛神田書店，收穫最多。他退休後去了美國，可是，在我也退休後到舊金山時，他已經去世了。

彭歌兄：

來東京，倏已半個多月，因為起居不定、遲未奉候，甚見諒為之至。

到目前，我已看過了幾場電影、幾場舞蹈。（包含裸体舞蹈），此間，音樂的發表会、很多，可惜我沒有時間去欣賞。文學方面，[illegible]世紀[illegible]兩滿與不滿各[illegible]。我真不知該如何看法的表示說：我只有精神上的消化不良了。唯因此，我甚至不[illegible]給自由談、寫個什麼的東西好！自前，我想到的有兩個：①觀裸舞記 ②銀座街頭的女[illegible][illegible]稿要來月初了。

TS 10×25

我給臉子搽了些東西，有好些衣服，都借不少氣

的樣子。如今，我是怎樣一個在外國逛的。朋友們，你們

一種批評，我都已經知道要的！

在這些我們照片的那個車上的鏡頭，不成樣子，我稱之懷念

中。我太太埋怨我為什麼不告訴你我的樣子地點，事

後，我也覺得這是不對，~~[illegible]~~ 但是，當

我上飛機後，我覺得我的話是對的，因為那夜，[illegible]

宜太原，你若真去相逢，這要在那落寞之人，總是

那位朋友對我這樣說了，深講不出地也變，狂想萬分

的了。那次的鼻子使我想起來了的！

T S 10.25

你日取得又有關作品的，我真希望你會有機會來

此地看看從前電影，從前住過描寫八路的人

性，這個個人主義和自私愚昧的國民族，[illegible]

目前能深入國寧搭個國府。有機會，我會詳細寫

出三月這本內果更精你的！好了，祝

文安

璞君、孔洞、嗣份諸大小，請代致意

葉思 六月廿三日

T S 10 25

司馬桑敦

本名王光逖，筆名金明、淳于清、范叔寒。一九一八年生於遼寧省金縣，一九八一年逝世於美國洛杉磯。日本東京大學大學院社會科學研究科碩士，博士班課程修畢。曾主編哈爾濱《大北新報》文藝副刊、長春《星期論壇》。一九五四年被聘為《聯合報》駐日特派員，一九七七年自《聯合報》退休，定居美國舊金山，任職《世界日報》，後辭職參與籌組《加州日報》。司馬桑敦作品主要是通訊稿、遊記、報導散文，亦有長、短篇小說。著作包括：散文《扶桑漫步》、《江戶十年》、《人生行腳》；小說《野馬傳》、《山洪暴發的時候》等十餘種。

此世祇是一夢

——寂寞詩人周棄子

以前聽人說過，從作品中品評一位詩人，他是天才。但如果他住在你隔壁，你會發現他是一個瘋子。

天才型的狂士

周棄子不曾住在我的隔壁，我不敢說他是不正常的瘋人；但在我的印象中，他當得起是一個天才型的狂士。

在一九五〇年代「渡海名士」之中，棄子是公認的「大家之一」。許君武先生早年贈以「風流絕豔周夫子」，說的當然是他的詩。棄子逝世之後，王符武先生記其生平事略，說他「其貌為文弱書生，性實血性男子」；論其詩作，「初喜黃仲則，後嗜李義山」。詩境沉哀幽苦，有過於黃仲則：「中歲以前所作，設采繁豔，結體森密，似得義山神髓。」晚來詩篇，「善以新名詞入詩，言古之所無，不能強擬替代，峭奇鏗鏘，並時無兩。」可謂知音之言，而識者皆認為公允。

棄子生平作詩三千首，大約一半是到臺灣之後所作，但從不留稿。寫得不少各體文章，衹有一本《未埋庵短書》問世，這是一本文辭並茂的好書，其書篇幅雖小，但可從之覘見一個詩人文士在這錯亂大時代中的心路歷程。

依我的了解，他的詩沉哀峭奇之中總有一分惘惘不甘之氣，可能與他那仕途棲遲、梗飄蓬轉的遭遇有關，與他內心中「重有憂者」的感情挫折更有關。他引杜工部詩「多病所需惟藥物，微軀此外更何求」為例，取「藥廬」以自號。過了幾年，更用「世皆欲殺將何免，我已無生但未埋」，詮釋他何以用了十分喪氣的「未埋庵」自署。

「佛菩薩出世也救不得」

他的這種悲觀論調，不時溢於言表。在那些日子裡，他來往最多的朋友是郭嗣汾和我。嗣汾擔心他會想不開，常以溫言相慰。嗣汾在臺北上班，家在左營。有好幾年農曆春節，棄子就南下到郭府過年。我對他的辦法，則是強顏直諫。當時我年少氣盛，總相信「天助自助者」，天下沒有闖不過去的難關。我有一次形容他掛在口邊的「薄物細

周棄子（左）生平不喜照相，這是他在陽明山路邊留影。穿一身綠色制服，不怎麼「詩意」。照片很小，但惟此一張了。照片後面有他的題記：「四十三年四月三日，陽明山莊交通車在嶺頭附近傾覆，傷者二十餘人，死者一人。余趕至現場，適值警察人員察勘，因請在場警官為余與蕭科長修道合攝此影。平生被警察照相，此係第一次。將來或許還有一次。
四五、三、十一。檢交彭歌。　棄子記」

周棄子出版的著作不多，唯皆具個人特色。圖為《未埋庵短書》、《周棄子先生集》。
（文訊雜誌社提供）

故」，乃是個人的廉價傷感，不應該老是擺在心頭。

他為「短書」寫的自序中有謂，「我固然深仰文章之道的無極與莊嚴，但也深知一個人的無能與渺小。作為一個讀過了幾句書的人，我當然也有一份知識份子對時代的責任感。但我又總覺得，今日之事，真是『佛菩薩出世也救不得』。至於自己生活上、情感上的一些薄物細故，那更充其量也不過是所謂哀樂過人的苦悶象徵。所以，我寫的東西，看起來好像也堅強、也波動，而到頭總是一場幻滅空虛。勉強說稍有一點可取，也許是還不失為『真』，但『真』也不能代表價值。朋友中肯說直話的，如彭歌，一開口就痛批我『廉價的傷感』……」

在他逝世之後，我每重讀此序，哀慟不已。他寫那篇序時是五十一歲；我是三十七歲，已到美國讀書。我那番「廉價傷感」不知輕重的話，更可能是早十年前說的。我原意是盡朋友諫諍之義，用意未嘗不善，但在他是聽來不對味。我今活到了八十歲，回想亡友的話，眼前種種，似乎去「佛菩薩出世也救不得」更近。是是非非，一例虛空。「欲辯已忘言」，可惜他聽不到了。

我在新聞工作之外，兼編《自由談》月刊，不時催他寫稿，他一篇三四千字的文章幾個月才寫出來，慢工出細活，果然精采。《短書》中所收的〈藤蔭小札〉和〈礁溪紀行〉皆散文中的上品，文白間雜，別有情致，堪稱一絕。

〈說詩贅語〉真是大文章

棄子是詩人，寫的是格律森嚴的舊詩，但他不但不排斥新詩，而且是新詩的積極擁護者。他寫的〈說詩贅語〉是一篇清明透徹、理至情真的大文章，把新、舊詩之病都鞭辟入裡。他指出，「固定的形式」最大的弊害，就是容易產生「胡說」和「濫調」，這是舊詩飽受指責之處。但新詩之中，雖不再有固定的形式，胡說和濫調也是俯拾可得。頑固與幼稚兩相對抗的意氣，糟蹋了幾十年的光陰。所謂新舊之爭，應該著重在「詩」而非僅形式。

春臺朋友們都覺得，棄子的詩任其散佚，十分可惜。大家商議去分頭蒐集，並擬定由張佛千主持編次，吳魯芹用小楷鈔寫，野史館長劉紹唐願意出版。當年耿修業學長主持《大華晚報》，副刊頗有特色。其中有一小欄日「瀛海同聲」，由江絜生選稿，棄子的詩有些在那兒發表。但經翻閱，為數無多。張、吳、劉諸公均已作古，這個心願恐怕難以實現。〈憶香宋老人〉一文裡，收入棄子與清末民初詩壇大老趙香宋唱和往來的詩，是他得意之作。

春臺諸友大多在各大學兼課，「兼任」待遇菲薄，但有「得天下英才而教之」的精神補償。我以我自己的經驗，勸棄子無妨教教書。他卻不以為然。以他的博雅通識，辯才無礙，定能嘉惠學子，揚聲士林。但他說，「餓死不當教授」。因為有些人絕對不夠格，他羞與為伍，為此還寫了一首詩寄來表明他的態度：

土飯塵羹剽賊宜，自將臭腐詫神奇。古人至此真逢厄，何處如今更有詩。
鄉愿足恭徒惑眾，童昏聞道等詅癡。吾生久切橫流感，親見文衰國亂時。

《短書》先由文星書店出版（一九六四年），文星停業後，直到一九七七年領導出版社改版重刊，出書時附贈棄子手書的七律六首，書法亦如其詩，富有峭拔之氣。這是他留在人間僅有的筆墨。

懷才不遇，細流無海可涵

棄子議論縱橫，有時不免給人恃才使氣的印象。他最見不得天下之不義丈夫，薄情兒女，或顛倒是非、強辭詭辯之輩，有時讀到報上社會新聞中有不平之事，他會拍案痛詆，「這種惡人，不經審訊拖出去槍斃可也。」如果他活到今天，類似如「罄竹難書」強辭奪理的說法，棄子一定會勃然震怒。

棄子在抗戰期間，曾在蒙藏委員會等機關服務。到臺北後，應其鄉前輩萬耀煌將軍之邀，在陽明山革命實踐研究院上班，後隨張群在總統府任文牘之類工作。岳軍先生七十壽辰，棄子獻詩祝賀，有謂「大匠門前萃杞柟，不材忝廁每懷慚」，「散木只應天所棄，細流原是海能涵」（引自龔鵬程〈草山舊詩〉）。在「華陽相國」門下，尚有如是感觸，新興的一品大員之下，「細流」無海可涵，所謂「懷才不遇」之憾，更要深了一層。

氣憤偏激之詞說說而已。他最喜歡的一句話，是日本作家永井荷風說的：「凡是無常、無告、無望的，使人嗟嘆此世衹是一夢的，這樣的一切東西，於我都是可親，都是可懷。」

在他去世二十多年之後，我漸漸懂得了「此世衹是一夢」的道理，更加深了對他的懷念。

後記：

《周棄子先生集》在他去世之後出版，直到我寫了〈憶春臺舊友〉一文之後，才在美國收到那本文集。不勝「人琴俱渺」之悲。我想我應該用心寫一篇評介，以慰謝未了的心願。

周棄子

本名周學藩，字棄子。湖北省大冶縣人。一九一一年生，一九八四年逝世。湖北國學專修學校畢業。曾任四川省與貴州省政府主任祕書、革命實踐研究院祕書、第一銀行祕書等。除詩歌創作外，亦深通平劇。著作包括：《未埋庵短書》、《周棄子先生集》等數種。

輕裘緩帶的讀書人

——評友吳魯芹

人之相知，重在性情相近，所以才會莫逆於心。吳魯芹比我年長，學識經驗皆非我所能及；可是，他最令我羨佩的，是他立身處世的風格。我曾說過，古人所謂「輕裘緩帶」是何等景象，我不太清楚；但我每次見到他、想到他，或者讀他的作品，便有一種說不出來的從容坦蕩的意趣，就是「輕裘緩帶」那樣的味道。他是很幽默的人，幽默中仍保存著東方讀書人「為天地立心」的尊嚴感、責任感。他很少以劍拔弩張的氣概跟人有所爭論（在這一點上，他和周棄子形成對比）。然而，他的議論和評鑑，基本上是嚴肅、公正，甚至有一些沉重的意味。

他早年在武漢大學攻讀英美文學，是陳源先生的得意弟子，曾在中華教育基金會工作。一九四九年到臺北之後，參加美國新聞處，為推動中美文藝交流默默盡過不少心

這是吳魯芹晚年重遊臺灣最後的留影之一。
時間：1982年8月22日
地點：臺北縣白沙灣．殷張蘭熙的別墅
前排左起：林海音、彭歌、史棻、吳葆珠。後排左起：詩人瘂弦、「天下」總編輯殷允芃、吳魯芹（戴墨鏡者）、楊孔鑫（中央社歐洲分社社長）、何凡、羅裕昌（臺鐵總工程師，齊邦媛教授的先生），看照片背後筆跡，是邦媛所照，所以她不在裡邊。蘭熙正為我們準備晚餐，所以沒在相片中。想不到在此留影後不到一年，魯芹猝然在美病逝。此後，海音、何凡也走了。

吳魯芹（右）與彭歌在華盛頓吳府。

力。後來在臺大外文系兼課，得天下英才而教，其中如葉維廉，著述卓然有成，下面出了幾位博士，魯芹引為生平得意事之一。

魯芹學名鴻藻，與已故社會學家吳文藻姓名中有三分之二相同，或以為他們是兄弟行。吳文藻是女作家謝冰心的丈夫，有些人貿貿然前來攀附一番，魯芹啼笑皆非，曾在文章裡寫過一筆。

他的第一本散文集《雞尾酒會及其他》，清新婉約，詞短情深，將某些諷勸之旨寄寓於幽默之中，對臺北當年流行的崇洋風，頗加針砭。他自己寫的和翻譯的作品多種，最後一本《文人相重》，立意在推翻所謂「文人相輕，自古已然，於今為烈」的偏見，「君不見李杜是如何相親相重，元白是如何相親相重……」中國如此，西方又何獨不然。魯芹嫻於英美文學，讀了很多作家的傳記、書信集、日記等，憑而寫出近代西方作家之間「文人相重」的實情。用他自己的話，「意在稍正視聽，並非完全是作遣興的遊戲筆墨也」。其中〈亨利．詹姆斯與R．L．斯蒂文蓀〉一篇，分析這兩位大家對「小說的藝術」之討論，以及兩人際遇之不同，最為發人深省。

魯芹把這本書贈給女詩人殷張蘭熙，並且推許蘭熙正是她心目中「文人相重」的典型。所有認識蘭熙的朋友，都認為她的確當之無愧。在動亂的時代中，每個人多多少少都有一些顛沛流離的經驗。魯芹最為幸運，他除了戰時曾生過一場病之外，幾乎可說是順心適意。有一回，他在信中談及某文化界大亨，他說他具備「諍友」的資格：「乃在㈠弟閉門家中坐，已有粗茶淡飯，而粗茶淡飯就是吾所欲者，故不必謀利。㈡弟這點虛名已經弄得忙不過來，夠累了，故不必更求名。既能如此，話就說得很不客氣。能善體吾意者，或者可懂得中國老話『愛之深，責之嚴』的道理。然當今之世，財（魯芹在此字上加圈）大氣粗，稀泥是和，說老實話無人願聽也。因來信有『亂天下』字眼，與弟不謀而合，乃為兄道之……」這就是我所理解的「輕裘緩帶」的形象裡面包含的嚴肅心情。

魯芹退休後卜居舊金山近郊。一九八三年七月三十日下午五時，穿上平日最喜歡的衣服，牽著葆珠嫂的手，去參加鄰家百餘人的酒會。不料在含笑與友人握手時，心臟病猝發倒地，四十五分鐘之後在醫院中逝世。當時我在臺北，接到噩耗後震愕莫名。

魯芹一生幫助過很多朋友，他自己總是選擇最平易、最怕為別人添麻煩的方式。想不到最後這一關，他也走得這樣瀟灑。他自己沒有感受到生老病死的痛苦，而是為所有敬愛他的朋友們留下了無盡的去思。

魯芹逝後，親友們為他設置了一個紀念基金會，獎勵優秀的青年散文作者，默默獎勵了不少人才，我也曾被推為董事之一。老友星散之後，一度由武漢大學校友會經營。葆珠嫂定居伊利諾愛女處，含飴弄孫，安享晚年。

吳魯芹的創作與譯作，當年皆先發表於《自由中國》與《自由談》等刊物上。〈雞尾酒會〉（《自由中國》，1953年10月）；〈談小賬〉（《自由中國》，1955年1月）；〈池塘〉（毛姆原著，吳魯芹譯，《自由談》，1956年9月）。（文訊雜誌社提供）

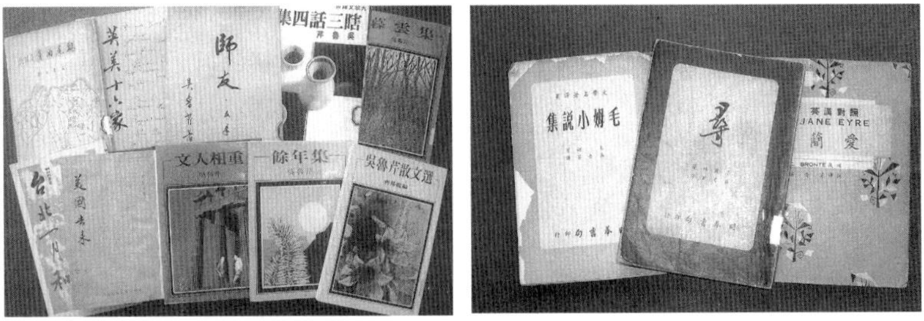

吳魯芹著作，主要是散文創作與英美文學譯著。（文訊雜誌社提供）

一九八二年夏天，魯芹伉儷曾到臺北舊地重遊。時移勢易，人世滄桑，春臺的舊陣容已經淡化，「事如春夢了無痕」，但也增加了新的朋友，新的歡笑。

那天是一九八二年八月二十二日。殷張蘭熙在她的白沙灣別墅，約朋友們去吃自助餐，游泳、聊天，主客就是魯芹夫婦。記得那天天氣很熱，會游泳的和正在學游泳的人，都在游泳池裡「涮一涮」，池邊暢談，非常開心。

魯芹講了幾個笑話：他講到湖北小姐大多精明幹練，高人一等。他引述曾任武漢大學校長的王雪艇先生的妙語，說凡是娶了湖北小姐的外省男人，一輩子都要「從容做楚囚」。他對他的「上司」葆珠嫂說，「我就做了大半生的楚囚」。內子史棻是湖北人，所以我也是「楚囚」。女主人蘭熙也是湖北人，她認為這說法不很恰當，在愛情生活中，每一個人都是不自覺的「囚」。

關於魯芹這一篇文稿，一度找不到了，我重新寫過。為了找資料，才發現這張照片，大概是魯芹在臺灣的最後一張留影吧。不到一年之後，他就離開了人世。尋思往事，止不住老淚縱橫。

吳魯芹外圓內方

吳魯芹留給我的印象，是「輕裘緩帶」，寬和溫厚，但這並不是說他沒有「性格」。下面這封信可以看出，他對於「財大氣粗」之輩，是很不以為然的。他的書法別有逸氣，信中最後一段，對拙作加以讚許，並說「可見行政工作尚無害於大筆如椽，此又是大可喜之事」。老友的勉勵，對我是無敢或忘的鞭策，不管甚麼時候，都別忘了寫作。

彭老：

讀十一月四日手教甚喜。有兩件事證明世間真有所謂「心有靈犀一點通」也。一是弟曾建議野史館長出一本由弟恭錄之「未埋庵詩存」，弟用毛筆練字不成問題，問題是棄子作詩不留底，搜集恐不易。兄也想到此是一「雅事」，當徐圖之。二是來信說某報這樣搞下去簡直要「亂天下」，亦正是弟以「諍友」身份致書所用的字眼，可謂「所見略同」矣。兄大動肝火之後數日，貴同學與弟亦大為光火，「得了便宜還要賣乖」已經是disgrace，還要強詞奪理，此種驕妄，蔚為風氣，就要「亂天下」了！弟明知作所謂「諍友」，實是愚不可及之事，有錢有勢之人是不喜歡聽「諍言」的。為此特別說明弟具備「諍友」之資格，乃在㈠弟閉門家中坐，已有粗茶淡飯，而粗茶淡飯就是吾所欲者，故不必謀「利」，㈡弟這點虛名已經弄得忙不過來，夠累了，故不必更求「名」，既能如此，話就說得很不客氣，能善體吾意者，或者可懂得中國老話「愛之深責之嚴」的道理。然當今之世，財大氣粗，稀泥是和，說老實話無人願聽也，因來信有「亂天下」字眼與弟不謀而合乃為兄道之，不必向外人提，免多生是非。兩篇動肝火之文字，一長一短寫得俱正好，介紹沈剛老文集之長文亦正有氣勢，（彭注：此指評介沈剛伯老師論文集的文章）可見行政工作，尚無害於大筆如椽，此又是大可喜之事，蘭熙來信云月中可到此，或可晤及匆匆順候

雙莆

弟魯芹偕室同拜

十一月十二日

彭老：讀十一月四日手教甚喜。有兩件事証明世間真有所謂「心
有靈犀一點通」也。一是弟曾建議野史館長出一本由弟恭錄之「未
埋菴詩存」，弟用毛筆練字不成問題，問題是要弟作詩不留底稿搜
集恐不易。兄也想到此是一「雅事」，當繼圖之。二是來信說某報這樣
搞下去簡直要「亂天下」，而正是弟以「諍友」身份致書所用的字眼，可謂
「所見略同」矣。兄大動肝火之後數日，貴同學與弟亦大為光火。「得了
便宜還要賣乖」已經是disgrace。還要強詞奪理，此種驕妄，蔚為風
氣，就要「亂天下」了！弟明知作所謂「諍友」實是愚不可及之事，有錢有勢之
人是不喜歡聽「諍言」的。今此特別說明，弟具備「諍友」之資格，乃在(一)弟
閑在家中坐，已有粗茶淡飯，而粗茶淡飯就是吾所欲者，故不

魯芹用箋

必講「利」。（二）弟近來虛名已經弄得忙不過來，夠累了，故不必求更「名」。既能如此，話就說得很不客氣。能善體吾意者，或者可懂得中國老話「愛之深責之嚴」的道理。蓋當今之世，財大氣粗，稀泥是和，說老實話無人願聽也。因來信有「亂天下」字眼與弟不謀而合乃爾，兄道之，不必向外人提，免生是非（多）。而觸動肝火之文字，一長一短，寫得俱甚好，介紹沈剛老文集之長文亦有氣勢，可見行政之作，尚無害於大筆如椽，此又是大可喜之事。蘭熙來信云月中可到此，或可晤及，匆匆順候

雙禧

弟 魯芹 偕寶川 同拜

十一月十二日

魯芹用箋

吳魯芹

本名吳鴻藻，字魯芹。上海市人。一九一八年出生，一九八三年逝世。武漢大學外文系畢業，曾任教於武漢大學、貴州大學，來臺後曾任教於臺灣師範大學、淡江大學、臺灣大學、政治大學，亦曾任臺灣美國新聞處顧問。一九六二年以客座教授身分赴美，先後於紐約州立大學、西密西根州立大學等大學講授比較文學。吳魯芹學養深厚，中西文化兼治，散文隨筆馳名當代。著作包括：論述《英美十六家》；散文《美國去來》、《雞尾酒會及其他》、《低調淺彈——瞎三話四集》、《師友·文章》、《文人相重》、《餘年集》等多種。

三軍將士們

——記郭嗣汾、南郭、高陽

一九五〇年代的臺灣，籠罩在戰時氣氛之下，霜天畫角，刁斗森嚴，軍人的任務最艱苦，在社會上相當受尊重。春臺群友中，有好幾位在軍中服務，剛好在陸、海、空各有一人，我們戲稱之為「三軍將士們」。海軍是郭嗣汾，他是春臺的發起人。陸軍是林適存（南郭），空軍是許晏駢（高陽）。

海洋作家郭嗣汾

嗣汾是四川人，當時供職海軍出版社。他寫過很多長短篇小說，有人稱他為「海洋作家」。他最早的短篇之一〈失落的畫像〉，在我主編的《自由談》月刊發表後，兩人由此相識相惜。我的宿舍在成都路，他的辦公室在內江街，近在咫尺，見面的機會很

這是郭嗣汾穿著海軍軍官制服的留影，時為1954年。他發表了得意的短篇小說〈失落的畫像〉。像是名畫家胡奇中的作品。究竟是嗣汾從畫中得到靈感，還是奇中讀了他的小說才畫出這個人物來，我已記不清了。

郭嗣汾筆耕甚勤，著作數量亦豐。
（文訊雜誌社提供）

多。周棄子比較悠閒，常常找我們坐咖啡館聊天。棄子有滿肚皮的「不合時宜」，倒要我們兩個年輕朋友開導。

嗣汾工作不是很忙，但他家在左營，不時南下探視；海軍又不時派他出任務，有時是到國外。他寫的有關海戰的作品，都有實體經驗。

其實他大部分創作，都與戰爭沒有直接關係。而是以動亂時代中的離合悲歡、世情冷暖為主。他是一位很嚴肅的、自我要求很高的作家。

從海軍退伍之後，嗣汾轉入臺灣省政府新聞處工作，大部分時間在臺中。案牘勞形的公務員生涯，不十分適合他的性格，可能是他寫作的低潮。有一段時間好像他還參與過電影編導之類的工作。

嗣汾為人厚道，與世無爭。他微有口吃，但生活經歷豐富，與我相比，可說是見多識廣。譬如四川的袍哥社會，有很多有趣味的掌故，聽他娓娓道來，極為有趣。我有時會猜疑他就是一位袍哥。他講話慢條斯理，喜怒不形於色，是早期文壇上四大名嘴之一。

他生活簡樸，不吸菸，不喝酒，但精通各種博奕，聽朋友說，郭嗣汾玩沙蟹、打麻將都是第一流高手；他的高明處就是在任何情況下都能不動聲色，做到如海明威所說的「緊張之下的從容」。博奕之道我完全不懂，向他請教有何竅門，他說，「你不懂就是最大的成功。」又直言相告，「你這樣的人如果下場玩沙蟹，保你百戰百敗，輸個精光」。

自我退休來美之後，與嗣汾音信較疏。我知道他一度主持中國文藝協會，等於是替文藝界朋友們當義工。他的兒女都很孝順，有一個兒子是新聞記者，女兒則在證券市場上嶄露頭角。嗣汾晚景很不錯，平穩安然，有福之人。

郭嗣汾

筆名郭晉俠、晉俠、易叔寒。四川省雲陽縣人。一九一九年生。陸軍軍官學校第十六期畢業，曾任海軍出版社總編輯、省新聞處科長、錦繡出版社發行人、亞洲華文作家協會執委、中國文藝協會理事長等。曾主編《海洋生活》、《中國海軍》、《臺灣書刊》等刊物。獲中華文藝獎戲劇獎、教育部劇本獎、文獎會中篇小說獎及短篇小說獎、亞洲小說獎第一名等。著作包括：散文《鹿港》、《千里絲路》、《浪花吟》；小說《失去的花朵》、《綠屋》、《白雲深處》；劇本《大巴山之戀》等五十餘種。

南郭憑一枝筆闖天下

本名林適存的南郭，湖南人，他倒是中央陸軍軍官學校科班出身的軍人，記不得他是砲兵還是騎兵科。抗日戰爭期間在部隊裡帶兵，勝利之初，在上海的淞滬警備司令部新聞處工作，官拜少將。一九四九年之後到香港，賣文為活。小說、專欄、評論、劇本，樣樣都寫過。以一個不懂廣東話的「二尺五」，人生地疏，居然憑一枝禿筆在香港闖出一片天地來，真是不容易。

他寫小說和郭嗣汾有同調之處，都是以豐富多彩的社會經驗為底子，描摹千奇百怪的種種人性。南郭的「紅朝魔影」系列小說連載時，臺港兩地大為轟動，有人猜想他是北京外逃的高幹，「否則怎麼會知道那麼多的機密內情？」

南郭參加香港的文藝團體到臺灣訪問，覺得臺灣的環境溫暖得多。香港是商業社會，人與人相處往往不能坦誠相對。我和南郭雖通信已久，見了面仍然有「話不投機」之感。他對人不敢輕信，講話又不免有些誇大渲染；直到他住定了，我們才挑明了作會心之談。

南郭不愧是血性男子，當年的香港魚龍混雜，各式各樣的冒險家和投機客，出賣風雲雷雨。南郭不屑一顧。到臺灣後，他的同學舊識，位居要津者不乏其人，他也從來不

本名林適存的南郭。（文訊雜誌社提供）

甘趨奉送迎。他仍是憑著一枝筆闖天下。

住了一陣子，他被延聘到《中華日報》擔任主筆，一度兼編《中華副刊》。婚後生活大致安定，工作也就常軌化了。

我有一年從美返臺，南郭要邀集老友們為我洗塵，可是我行程匆迫，就改為兩個人找一家小館便餐。他講到近況，往日的豪氣干雲不復再見。他的太太和高陽太太合作，開了一家飯館，用不著他操心。可是，他的愛女一心要在影視界發展，他頗不以為然，為此感到煩惱。

那天吃飯時，我注意到他有一個手包擺來擺去，據他自己說，「所有家當都在這裡頭。」我心中暗覺有異，後來才知道這可能就是阿茲海默症（所謂老人失憶症）的初期朕兆。

那次見面便是我和他最後一會。聽說他在兩岸開放探親之後，回到故鄉長沙定居，因病逝世。過了好久才在報上看到消息。

前些時在《世界日報》上讀到長篇報導，說南郭的女兒在經歷了多年的考驗之後，自知表演藝術並非她真正的喜愛。她回想老父生前教誨，感悟父親對她的遺愛，受惠無窮。她已飽經世故，惆悵中年，立志以南郭的生平為經緯寫一本書。我相信，南郭地下有知，必大為寬慰。

南郭小說、專欄、評論、劇本等創作類型皆備。（文訊雜誌社提供）

南郭連載於《自由談》上的長篇作品
〈加色的故事〉（1955年1月～12月）。
（文訊雜誌社提供）

南郭

本名林適存。湖南省湘鄉縣人。一九一五年生，一九九七年逝世。中央軍校砲科畢業，革命實踐研究院研究。曾任《香港時報》編輯委員、《中華日報》主筆、主任、副刊主編。創辦《文藝新地》月刊，與郭嗣汾成立中國文學出版社，與馮放民、章君穀合辦《作品》雜誌，主編《幼獅文藝》等刊物。曾獲中華文藝獎、教育部學術文藝獎等。

著作包括：散文《紅朝魔影》、《水龍吟》；小說《巧婦》、《春在窗外》、《神木》、《夜來風雨聲》、《春回大地》、《金色世紀》等二十餘種。

開歷史小說新頁的高陽

我和高陽論交，始於一首小詞。他用鋼筆寫在中式信箋上，我保存至今。

門外蕭郎成陌路，無言未必無情。秋風蜀道暗兵塵，相逢才幾日？愁怨起危城。
是我負卿卿誤我，寸衷欲剖難明。一離一死兩吞聲，不辭孳苦琖，寂寞了餘生。

右調臨江仙，用琦君先生韻奉題
彭歌我兄短篇小說「苦盞」。

高陽并誌

後面有兩行小字是我的筆跡，「空軍中一友人，填一小詞見贈，情趣如何，請評定一番。」

接著的評語，是周棄子的手筆：「此詞聲調尚可，作者情致亦好，可以學詞。但此道已成『絕響』，早在十年前，即無法尋師。今日臺灣，老實說無一『懂』者也。（弟從來對於詞自認係門外漢）。」這是典型的棄子口氣。幾十年後重讀，情景猶在目前。

高陽（左二）與文友孟瑤（右起）、林海音、童世璋於筵席上合影。（文訊雜誌社提供）

高陽，本名許晏駢，浙江人。當年他住在岡山，是老虎將軍王叔銘帳中幕僚。王老虎以戰功升任空軍總司令和參謀總長，高陽是文職的秘書。他一到臺北，我們就邀他參加了春臺小集。他的小說已有很多讀者了。

我到美國讀書的那幾年，高陽在《中華日報》任主筆。中間曾應楚崧秋社長之邀，出任總主筆。楚先生後來告訴我，「這個安排有點兒冒險，但試驗結果相當成功」。在我主持《中央日報》社務時，也聘高陽為主筆。常寫有關文化、教育、社會等方面的評論。他下筆迅捷，思路開明，是一把好手。

但高陽為世所重，是他的歷史小說。為了寫小說，他對晚清歷史下了很多的工夫。以慈禧當政為主線的《珠簾玉座》等系列小說，在臺海兩岸都擁有廣大讀者。而他自己引為得意之作的是《胡雪巖》，紅頂商人的一生成敗，顯示在一個傳統農業社會中，適應並且改變過去的習慣，開創一套新的模式。當大陸剛剛開始對外開放時，也就是一九八〇年代後期，《胡雪巖》這本小說竟成了「登陸」的中外商人有用的參考書。

高陽雖然對於「商戰」策略好像頭頭是道，但他自己並不是精打細算的人。他有好幾部長篇小說在報章上連載，並成為暢銷書，他是專靠寫作的作家裡，收入最高也最穩定的人之一，但他常常會感到錢不夠用。直到結婚之後才稍有改善。

從他的作品中也看得出來，他對飲食相當考究，喜歡也懂得欣賞美食。臺北的江浙口味的飯館，他經常光顧。有一家相熟的飯館裡的跑堂告訴我，「高陽先生胃口邪氣好。」據說他即使中午一個人便餐，也會點四碟精緻的小菜，喝一瓶陳年紹興。後來他臥病，說不定因為酒喝得太多。我勸過他戒酒，他講起酒的害處來，比我懂得還多，但真要戒就難了。

我最後一次看望他，他是躺在榮民總醫院的病榻上。雖然醫生說他病勢不輕，但他談興仍濃。告訴我有一本專談烹飪藝術的雜誌約他寫稿，他很高興。

高陽是深度近視，眼鏡像酒瓶底。講話鄉音很重。有一年夏志清自紐約到臺北，文友聚會，高陽的杭州話和夏志清的蘇州話夾纏不清，林海音說，「這是標準的雞同鴨講」。我們都聽不懂。

高陽行事瀟灑，說過的話容易忘掉，但他對寫作有關的事極為仔細認真。寫民國初年蔡松坡與小鳳仙一段交往時，打電話要口述號碼：「西局六九四號」。到一九三〇年代，北京電話系統仍是如此，我童年時淘氣，亂叫電話好玩。讀到他的文章，那種早成歷史陳跡的事宛在目前，我自己早已不記得東、西、南、北局叫號的方式了。

高陽逝後，才回想起他的遺作依然暢銷。大陸上歷史小說名家二月河，寫過好幾部以清初為背景的小說，他在自序中說，他從事寫作受到最大影響的，「便是臺灣的高陽先生」。高陽如果知道，也許會說，「這個年輕人，好的好的。」

高陽的「臨江仙」與「苦盞」

在我們結識的初期，高陽和我通信比較多，主要因為我們不住在一個地方，必須靠通信來交流。他寄這首「臨江仙」的時候，我們還沒見過面。寫作的人互通傾慕之情，從這兒開始。後面周棄子的「批示」，那口氣很能反映他的性格。後來，我把棄子的話告訴了高陽。高陽很開心，他說，「周夫子說我情致亦好，算是高分評價了」。至於琦君作的詞，曾在報端發表，原件倒反而沒有保存下來，十分可惜。高陽的詞和棄子的評語，已見前文，高陽題拙作「苦盞」寫的是亂世中一段離合悲歡。原型得自棄子口中，所以我才特別把高陽的詞給他看，大概也算是一種「得意」吧。

門外蕭郎成陌路，無心來此無情，轉身留
道晴日宜歡，相逢幾日？悠悠越危城。
無我負卿卿誤我？去哀歎別離時！一離一見
也如春歸了，自解嬋娟香殘，寂寞了餘生。

右調臨江仙用諸君先生韻，吉題
舊韻我兄絕篇如流，請益。 高陽謹識。

空軍中一友人，寄一小詞見贈，
情懷何如，請評定一二。

此詞聲調尚可，作者情致亦好，可以學詞。但此道已成「絕響」，早在十年前，即無從尋師，今日在台灣，老實說無一「懂」者也。（另見未附前詞自謙係門外漢）

高陽

本名許晏駢，字雁冰，筆名郡望、史魚。浙江省杭州市人。一九二二年生，一九九二年逝世。一九四六年考入空軍官校任軍用文官，來臺後曾任參謀總長祕書，後卸下軍職轉入新聞界。曾任《中華日報》主筆、總主筆、《中央日報》特約主筆等。高陽以歷史小說聞名於世，亦是「紅學」專家。在史學上造詣頗深，風格自成。著作包括：論述《紅樓一家言》、《高陽說曹雪芹》；散文《文史覓趣》、《高陽雜文》；小說《霏霏》、《李娃》、《風塵三俠》、《慈禧前傳》、《胡雪巖》、《紅頂商人》、《蘇州格格》；合集《筆與槍》、《獵及其他》等百餘種。

深情永不舊

——林海音與何凡

春臺舊友，從早先的每月一會，到十年之後，不知不覺發生了一些變化，每個人的生活環境、工作條件以及人際交往，都有不同，可是，我與海音、何凡伉儷的交往越來越近。因為兩家搬來搬去，總是相隔很近，見面很容易。海音辦雜誌和出版社，彼此打交道特多。還有一個原因，是我們都從北京來，也算是「鄉土情」吧。

他們倆是活的北京

海音原名林含英，是臺灣苗栗縣的客家人，在日本大阪出生。何凡原名夏承楹，原籍南京。不過他倆都是自小在北京長大，就學，就業，一九四八年到臺灣。他們在北京的年月比我久，北京話比我說得純，對老北京的掌故、風習，都比我懂得多。我喜歡聽

林海音與何凡夫婦是臺灣文壇上的佳偶。（文訊雜誌社提供）

他們講話，尤其是講起在北京的往事。我從十八歲離開，隔了四五十年才回去過兩次，都是短暫停留。對我來說，他們倆就是活的北京。

海音是林家長女，父親早逝，她幫助寡母操持家務，磨練出來一種既精明又謙和的態度。她待人誠懇，辦事認真，講起話來，「像郎家園的小棗，又脆又甜」。可她也不光是甜言蜜語，更能直打直來，她的爽朗坦誠，言無不盡，在朋友中是出了名的。連朋友們的下一輩人，也都喜歡林阿姨。

海音事母甚孝，教育子女相當嚴，對何凡則親之敬之，終身不渝。有位朋友背後跟我說，「你別看海音小嘴兒得勃得勃挺熱鬧，他們老夏家的事，還得聽承楹的」。這也正是我所謂的「京味兒」的正統。

海音好客，早年住在重慶南路三段（國語推行委員會的宿舍吧），雖然有兩三間房，那年頭已算是比較寬敞的，可以在家裡擺自助餐。何凡躲在房間裡寫「玻璃墊上」，他說報紙上的專欄，「時間性」很要緊，不能用存貨。客人來，他還沒出來，海音就說，「他這人老是這樣，最討厭了。」我們笑她是「其詞若有憾焉，其心實竊喜之。」

好多年以後，我接了何凡的棒，為《聯合報》寫「三三草」，同樣是這樣規矩，等老詹到門上取稿時，剛剛完篇，這才叫「恰到好處」。

海音創辦《純文學》雜誌和出版社

海音辦《純文學》雜誌和出版社，著手籌備時我去美讀書，沒有幫上什麼忙。回來後為她寫過東西。我譯了老師唐斯博士《改變世界的書》和《改變美國的書》，分別在各報紙、雜誌上發表。在我的用心祇是向青年人介紹西方學術界最基本的名著，並沒想到結集出版。可是，海音跟我商量，為我籌劃出單行本。我覺得內容似太嚴肅，文學氣味不多（十六本名著只有一本小說），我說，「咱們這樣的好交情，妳出這麼一本書要是賠了錢，讓我以後怎麼有臉和妳見面？」她說，她看得準，不會沒銷路，「就算賠錢，是好書我就樂意出。」

她的眼光果然不錯，那本書出版不久，臺大歷史系選為參考書，其他學府陸續都表重視，很快就再版、三版、四版。有一回老總統蔣公在一項會議中提到《改變世界的書》，表示讚許（當時我不在場，但後來看到講話的紀錄），有了這些意想不到的推助，自然成為暢銷書。連帶此後我譯的幾本書，如《人生的光明面》、《熱心人》、《浩劫後》、《愛書人》等，本本都晉入暢銷榜，海音大樂，我也大樂。

她辦出版社，事事躬親，一絲不苟。我的幾本書最後的清樣，我自己看過不算數，一定要史棻親校、簽了字才上機器。她說，「你就是粗枝大葉，當校對不及格。」

我搬家到光復南路新居，請他們來坐坐。海音進門就說，「客廳是『改變世界的書』」，走進書房，她又說：「這間是『人生的光明面』。」我大為開懷，憑一枝筆寫出房子來，也足為書生吐氣揚眉。

他們兩口子待人處世，溫和有禮，但各有堅持的原則。海音有次告訴我，她發現有人盜印「純文學」的書，她親自趕到板橋，會同鄰長和警察，到盜印者的倉庫中去抓賊。她告訴我，「光是你譯的那幾本書就占了半間屋。」她是乘夜間前往，以達「突擊」之效，過程相當驚險。搞盜印的人都是黑道中驃悍角色，儼然要和公權力對抗。

我聽了大為不安，勸她以後千萬別再去冒這份險，以防意外。「再找到盜印的，妳告訴我，我去。」

海音和何凡都認為我有「鄉愿」之嫌。遇到壞人就要猛抓嚴辦，不容手軟。「和稀泥怎麼行」？

他們的家「座上客常滿」

他們的家，從重慶南路小屋到翠亨村華廈，可說是「座上客常滿」；也由於他們的聯繫介紹，使我多認識了好多位文友。除了在家中待客之外，東區有些小飯館，像「闔家歡」、「私房菜」、「都一處」等都是常去的地方。巷弄中有一家「溫州大餛飩」，店主是位姓張的中年婦人，餛飩做得滿精緻入味，炸豬排也挺好。海音最先發現，極為推薦，我和史棻去過多次。後來不見了，據說那位張太太移民依親了。我退休之後，不免落寞，有次在國父紀念館散步時遇到海音，她說，「連賣餛飩的都去了美國，我看你們也走了吧。」當時我笑笑未以為意，後來到美國來，說不定她這句話也有些影響吧。

有一年，朋友們在殷張蘭熙白沙灣別墅裡聚餐。那時純文學社已經辦得很成功。海音忽然對史棻說，「其實你們倆也可以辦一個出版社，專門翻譯外國的文藝作品。叫他去選書，翻譯界的好手反正他大多是熟人，他自己也可以譯。妳來經管，我這幾年已經學了很多，妳有不清楚的地方，我可以告訴妳。」史棻說，「他現在已經忙得要命，怎能再出別的花樣。」她們兩人對談，我就坐在旁邊，可是他們用「第三人稱」講我，好像我不在場一樣，我覺得很好笑。其時我在《中央日報》社長任內，確有人和我談過，只要我出個名兒，不必愁資金來源，出版社就可開張大吉。我都一一婉謝。我深知出版事業並不簡單，如果辦得站不住腳，讓人笑話。可要真辦得轟轟烈烈，說不定有人會懷疑我假公濟私。所以我從不做此想。但海音的誠意，令我銘感於心，她真是為我著想。

梁實秋回臺，別致的北投溫泉遊

我們一同出遊，在國內外都有行蹤。最別致的一次是，有年冬天梁實秋先生回臺，侯榕生剛好也自海外歸來。梁先生說最好不要吃酒席。海音說，「好，那咱們換換花樣，我請你們到北投去洗澡。」

那年頭，到北投洗澡，往往別有含意，春光旖旎，盡在不言中。結果那天去的除了主賓與主人之外，還有潘琦君、葉曼、我，好像還有野史館長劉紹唐（照片裡沒有他，但寫著「劉紹唐攝贈」）。海音安排，在北投一家老式賓館裡訂了兩個房間，晚上席地而坐，吃日式的涮鍋子，爐火前講今說古，十分盡興。男女賓分別入浴，兩個房間裡睡下。我們說，這是最古典式的北投洗澡。海音說，「大家覺得好玩，以後可以常來。」大家都說好玩，但以後就沒有機會再去了。

海外同行，一次是到西班牙參加國際新聞學會的年會，何凡是《國語日報》社長，海音也同行。一次到南韓出席國際筆會的年會，韓國外語大學許世旭院長約我和大陸老作家蕭乾舉行電視座談。我本來已和蕭乾有過接觸，理解到他當時的處境仍有一些難言之隱，提到文革，他說，「那些年裡，自殺和他殺沒什麼分別」。他每次下放到一個陌生地方，先到處找一棵歪脖老樹，準備萬一受不了，就找根繩子自行了斷。我聽了十分慘然。但以我在臺北主持中華民國筆會與《中央日報》的身分，無法避開文革動亂帶來的人權問題。在電視上講這些事情，對蕭老回到大陸之後可能會有所不便。因此，我和世旭兄商定，推請海音出場。海音是優秀的女作家，是本省籍而曾在北京住過多年，打

那年歡宴琦君，何凡大發議論。
前排左起：殷張蘭熙、齊邦媛、琦君。後排左起：彭歌、林海音、何凡。

海音說：「我帶你們上北投洗澡去。」
為歡迎梁實秋先生，海音忽出奇想，有此一會。那天很冷，圍爐夜話，很值回憶。
圖中左起：彭歌、林海音（圍著大圍巾，像阿拉伯人）、梁實秋、侯榕生、何凡、琦君、葉曼。七個人裡，如今只有我和葉曼在世。葉曼大姐多年來精研佛典，講經說法，已成名家。年月日已記不清，照片後面有「劉紹唐攝贈」。野史館長也已作古。

起鄉談來就更加溫馨而無須涉及敏感話題。那次座談，世旭主持得宜，甚為成功，也為兩岸文藝界的交流，發生了催化的作用。

海音的作品幾十種，我最喜歡的長篇是《曉雲》，表現了她性格中的另一面。最為人所知的則是《城南舊事》，拍了電影和電視劇，反響很好。

臺灣文壇上的佳偶

我到美國之後，聯繫漸少，回臺時總要看看他們。有一年趕上他們過生日，參加了宴會，很是風光。這老倆口是臺灣文壇上人望最盛的佳偶。

純文學社結束後，何凡每天陪海音去做清理工作。陳之藩和我去看望他們，一起吃了一頓午飯。海音說她是高高興興創業，快快活活收攤兒。但看得出她內心的不捨。

最後一次見面好像是一九九九年。我和史棻從美國回來，在逸仙路上碰到海音迎面走來。她穿著一身粉紅色的運動裝、球鞋，臉色不似往年之豐潤，人也顯得矮小單薄。她遠遠就和我們打招呼，我在街上就把她抱在懷裡。別人曾告訴我，「林大姊不大認識人了。」好幾年沒見，她一眼就叫出我們的名字，令我深深感動，心想，畢竟是這麼多年的老朋友了。

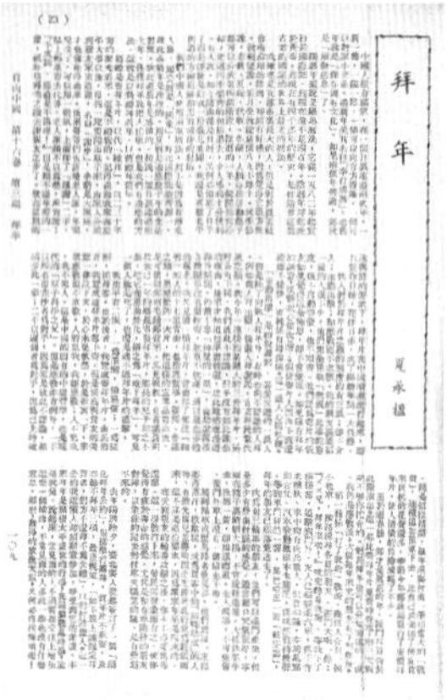
(23)
自由中國　第十六卷　第三期　拜年
拜年
夏承楹

何凡擅寫雜文，讀者甚多。（左）（文訊雜誌社提供）
何凡以本名夏承楹發表於《自由中國》的〈拜年〉（1957年2月）。（右）（文訊雜誌社提供）

(25)
自由中國　第十七卷　第十二期
城南舊事（下）
林海音

林海音作品是許多讀者難忘的記憶。（左）（文訊雜誌社提供）
林海音的《城南舊事》當年初刊於《自由中國》（1957年12月～1958年1月）。（右）（文訊雜誌社提供）

何凡主持《國語日報》，為全國小朋友服務

何凡比較沉默，話不多而自有主張。他主持《國語日報》，為全國小朋友服務，不僅在普及國語國文，而且重在培養樂觀積極的態度。幾十年間那份報紙潛移默化之功，與他的專欄「玻璃墊上」都可說是臺灣文化風景線上的特色。

臺灣推行民主政治，有一年「老北大」洪炎秋出馬競選立法委員，何凡擔任競選總部的總幹事。居然有黑道人物找他來「談生意」，拿多少錢就可以有多少票。何凡義正辭嚴地把那人訓了一頓，「洪炎老有學問、有道德、有文章，就是沒錢。」何凡事後形容，「那小子抱頭鼠竄而去」。窮書生洪炎秋高票當選，何凡引為生平一大快事。

有人以為何凡為人拘謹，跟海音不同調。其實，拘謹也自有其可愛處。有一回出國上飛機，行李過重，他立刻打開箱子，把帶的書拿出來，交給送行的女婿。別人或以為「沒那麼嚴重」。可是何凡說，「一架飛機三、四百名乘客，每人都多帶幾磅，湊到一起就不是小問題。」

沒有缺憾的一對文壇佳偶

海音於二〇〇一年十二月一日逝世，享齡八十三歲。

何凡於二〇〇二年十二月二十一日逝世，享齡九十三歲。

海音的作品，像《城南舊事》等至今流行。次女夏祖麗寫的《林海音傳》，天下文化公司出版，圖文並茂，內容很動人。

何凡的作品，有海音編的「何凡文集」二十六卷，可以看作是臺灣社會變遷史的縮影。他的女婿張至璋寫的《何凡傳》（編按：夏祖麗、應鳳凰、張至璋合著），也很豐富生動。

海音的逝世，給我極大的衝擊，不僅因為失去一位相交幾十年的老朋友，更因為她平日爽朗樂觀，活力充沛，永遠不知道累，不知道煩惱，讓人無法相信她會有倒下去的一天。

以我們的友誼之深，總應該為她寫一篇紀念文字，然而，幾度提起筆來，心中一片茫然。一層顧慮，是何凡當時仍在人間。寫得過於沉痛，何凡如何承受？他比海音年長，身體也已不甚健康。寫信去安慰他，自己覺得「筆端似有哭聲」。這種「既傷逝者，行自念也」的心情，從前沒有想到過。

一年多之後，何凡終於不起，在睡夢中與海音相從地下。海音八十三，何凡九十三，就以現代標準而言，都算得是長壽了。

他們的次女祖麗料理喪事之後，從墨爾本寫信來說，「我們在臺北停留一個月，把父親後事辦妥了，把逸仙路的家清理打掃，捐贈的東西處理後，關門大吉。林海音家的客廳正式落幕。那種感覺是非常傷感，非常不捨……」

海音喜歡熱鬧，喜歡朋友，她的客廳被年輕人們稱為「臺灣的半個文壇」。所以，祖麗一聲「正式落幕」，使我也覺得這世界格外荒涼。

在傷感與不捨之外，祖麗特別致意，囑望我們這老一輩的人，把當年往事寫出來，為後世留下一些紀念。她問我可有保存著海音與何凡的舊信，她要在傳記、紀念文集之外，再編一本「書翰集」。

經過多次搬遷，舊信在手邊的不多，反覆誦讀，好像有「這是上一輩子的事吧」那樣的悵觸。我深深懷念的不僅是何凡與海音，還有當時交往親切、聲應氣求的一群好朋友。

現在回想起來，春臺舊侶之中，他們兩個人的一生算得上最為充實、圓滿，沒有什麼缺憾。他們這一對，外省郎娶了寶島姑娘，恩恩愛愛過一輩子。他們鼓勵過很多年輕人上進，也為很多文藝界的老朋友、中朋友、小朋友們熱誠服務。我深深懷念他們，但沒有什麼悲情。

林海音勇於任事

許多從事寫作的朋友，能寫得出一手好文章，卻不耐煩「辦事」。林海音是兼具行政才能的作家。手邊這封信可以看出她勇於任事，乾脆俐落的性格。原信只講一件事，但講得斬釘截鐵，層次分明，讀其信想見其人。原信說：

彭歌，

接來信，答覆你：

北京的中國現代文學館現任館長是老舍的兒子舒乙，我和他很熟，他和傅光明等都是極文味很重的老實人，尤其傅光明才二十幾歲，北大外文系畢業，譯過凌叔華的古韻，很好、很用功、謙虛，他們對咱們都是極尊重的。這次的臺灣文學大系給我來信，請我和蕭、謝（即蕭乾和謝冰心）二位做顧問，他們第一批開了十人，問我同意這十人否？我回信說，我願意做你們的顧問，因為你們對臺灣的文藝界情況不是很熟。但是既請我做顧問，我就要「顧而問之」。你第一批十人中，有三數人不夠格，她或他的作品及人品，都尚未被「肯定」（大陸詞兒！）有的早期還寫得不錯，現在是作品中罵人，這樣的人應暫取消以後再說。現在的十人寫齡及年齡都還可以，你看了也贊成，他們都聽我的。（不是我要把權，確是為了臺灣作品及愛護他們，我就不客氣）。至於你的大名，是他們本來第一次十人中就有你，不是我推薦的。你可以把你的短篇小說及散文勾出一些給傅光明，請他參考。他們每本要十五萬字以上，作品不少呢！你的小說及散文也不是篇篇大反共，應當沒關係。只是他有無說沒有收藏你全部作品，請你再寄給他？你就把可以給他選的小說等書寄他好了。我告訴你這第一批十人是誰：彭歌、海音、琦君、鍾珮、黃春明、鄭清文、瘂弦、白先勇、秀亞、孟瑤。現只有秀亞地址可能我給他們錯了，白先勇的我不知道，瘂弦的他們直接連絡外，餘下的七人都有回信，而且作品也都寄去了。情形是這樣。

我因祖麗、至璋、祖焯返臺，有開會，有講演，都住在新家裡，床上，地上，沙發上都是人，我就忙死了！這封信因是好友，所以詳細寫回，否則我現在簡直不回信！

你就直接給光明寫信，並寄他書，其他我不管了。

匆祝

雙好

海音

跟海音打交道，就有這樣好處，頭頭是道，一清二楚。沒有多少客套虛禮等，但事情交代得一清二楚。

我交給現代文學館的，是短篇小說集《象牙球》。那是我的作品中第一本用簡體字印行的。舒乙先生很客氣，要寄版稅給我們。海音說，寄往美國挺麻煩的。「咱們倆那份兒錢，合起來送他們一樣東西吧」。後來送了一部傳真機給文學館。海音還特別照了實物的照片，寄給我為念。她這人辦事就是這麼「小葱拌豆腐，一清二白」。

Dec. 7. 92

純文學

LITERATURE PRESS CO., LTD.
30 CHUNGKING SOUTH ROAD SECTION 3
TAIPEI TAIWAN, REPUBLIC OF CHINA
地址：臺北市10742
重慶南路三段三十號
電話：(02) 3016464・3030161
電傳：(02) 3098100
郵撥：0005333-1

Dec. 3, 1992

彭歌，

接来信，甚念你：

北京的中国现代文学馆现代馆长是老舍的儿子舒乙，我和他很熟，他和傅光明等都是极文味很重的老实人，尤其傅光明才20几岁，北大外文系毕业，译过凌叔华的古韵，很好很用功谦虚，他们对咱们都是极尊重的。这次的台湾文学大系？给我来信请我和萧谢二位做顾问，他们第一批开了十人，问我同意这十人否，我回信说，我愿意做你们的顾问，因为你们对台湾的文艺界情况不是很熟，但是既请我做顾问，我就要「顾而问之」，你第一批十人中有三数个人，不够格，她或他的作品及人品，都尚未被「肯定」（大陆词儿！）有的早期还写得不错，现在是作家中等人，这样的人在暂须以后再说，现在的十人写龄及年龄都还不够，你看了也赞成，他们都听我的。（不是我要抓权，确是为了台湾作家及尊重他们我就不客气）至于你的大名，是他们本来第一次十人中就有你，并不是我推荐的。你可以把你的短篇小说及散文多出一些给傅光明，请他参考。他们每本要十五万字以上，作品不少呢！你的小说及散文也不是篇篇大反共，应当没关係。只是他有些说没有收藏你全部作品，请你再寄给他？你就把可以给他选的小说等书寄他好了。我先说这第一批十人是谁：彭歌，海音，琦君，钟珮，黄春明，郑清文，张系国，白先勇，秀亚，[illegible]，现只有秀亚地址可能我给他们的了，白先勇的我不知道，张系国的他们

深情永不舊

純文學
LITERATURE PRESS CO., LTD.
30 CHUNGKING SOUTH ROAD SECTION 3
TAIPEI TAIWAN, REPUBLIC OF CHINA
地址：臺北市10742
重慶南路三段三十號
電話：(02) 3016464・3030161
電傳：(02) 3098100
郵撥：0005333-1

直接退信外，剩下的七人都有回信，而且作品也都寄去了。

情形是这样。

我因祖母的丧事，和烨追悼，在开会，有许多亲友，都住在我家裡，连床上，地上，沙发上都是人，我就忙死了！这封回信因是好友，所以详细写回，否则我就是一直不回信！

你就直接给光明写信，并寄他书，其他我不管了。

匆祝 双好

海音

林海音

本名林含英，臺灣省苗栗縣人。一九一八年生於日本大阪，二〇〇一年逝世。北平世界新聞專科學校畢業，曾任北平《世界日報》記者、編輯。返臺任《國語日報》特約編輯、《聯合報》副刊主編、純文學出版社發行人。曾獲新聞局金鼎獎、五四獎文學貢獻獎。林海音不唯在創作領域多所耕耘，亦是臺灣文學史上重要的副刊主編與出版人。著作包括：散文《剪影話文壇》、《一家之主》、《隔著竹簾兒看見她》、《靜靜的聽》；小說《曉雲》、《城南舊事》、《綠藻與鹹蛋》；兒童文學《金橋》、《請到我的家鄉來》；劇本《薇薇的週記》等三十餘種。

何凡

本名夏承楹，南京市人。一九一〇年生，二〇〇二年逝世。北平師範大學外語系畢業，曾任北平《世界日報》、《華北日報》、《北平日報》編輯，臺北《聯合報》主筆、《國語日報》社長、發行人。何凡以《聯合報》副刊「玻璃墊上」專欄為讀者熟知，寫作時間自一九五三年至一九八四年。曾與夫人林海音合編《文星》雜誌，一九六四年為《國語日報》創辦出版部。著作包括：散文《不按牌理出牌》、《三疊集》、《一心集》、《夜讀雜記》、《磊磊集》、《落落集》、《何凡文集》等十餘種。

溫柔敦厚，風華自蘊

——琦君與李唐基

當我開始動念寫「春臺舊侶」時，琦君和李唐基仍在美國東部（新澤西州李家堡）。可是，當我寫到他們時，琦君已經在臺北病逝。我知道他們在美國住了二十多年後再搬回臺灣，是為了日常生活可以有人照顧；在琦君心中，可能也有「落葉歸根」的意思吧，我不敢確定。

春臺群友中，琦君更有另一種大姊的風味，和海音不一樣。海音是對我們如她的弟妹，事事樂於主動幫助，但遇到不對的事，她「真會說你」，一派「指揮若定」的氣勢。琦君則永遠是輕言細語，對弟妹或對別人一概寬容。你如果真的做了什麼好事，她會默默欣賞讚揚，只讓你知道了就好。

從年輕到老年，琦君給我們的印象都是「東方淑女」、「大家閨秀」，在生人面前有些靦腆，或者落落寡合。其實她很健談，尤其是談文論詩的時候。

琦君原名潘希真，浙江人，之江大學畢業。和李唐基結褵之後，兩個人都在公家機關供職。琦君在司法行政部（後來改為法務部），唐基在招商局（後來改為陽明海運公司）。

夏志清譽為當世散文家第一人

我們初識時，正是經歷著一種「寫作狂」的經驗期。琦君寫作的態度十分矜慎，一字不苟；她所寫的似乎以「身邊瑣事」為多，而且往往是另一個時代的某些小事情。故鄉、家庭、她的父母、阿榮伯、夏老師。她寫得那樣生動，鮮活，舉重若輕。她筆下的人物出現多了，我們都覺得似曾相識，她把我們帶進了她的內心世界。

夏志清稱讚她是當世中文散文家的第一人。雖然她自己遜謝不遑，朋友們覺得她當之無愧。從第一本集子《琴心》之後，她作品一貫的風格是清明淡雅，溫柔敦厚。

她對古典文學，尤其是詩詞，有天賦也真下過工夫。她的一筆行書可以稱得上書法家。早年她寫的信，常是用毛筆寫在宣紙上。

她的散文寫得好，短篇小說也很出色。在臺灣出版界，早些年對這兩者似乎界線很朦朧。琦君有一篇〈繕校室八小時〉的短篇，刻劃基層公務員奉公守法而又無可奈何的心情，維妙維肖。她自己是公務員，體會最深。我覺得那是她最好的作品之一。

琦君與李唐基夫婦合影。（夏祖麗提供）

小說《橘子紅了》紅遍海峽兩岸

晚年的《橘子紅了》，紅遍海峽兩岸，拍了電視連續劇，轟動一時。書，我已讀過；錄影帶也容易找到，可是，看到歸亞蕾的裝扮，嚇了我一跳，電視上想要出奇鬥勝，似乎走得太遠些。

春臺小聚時，我們常常見面。琦君在杭州南路的寓所，正是「室雅何須大」，小庭內綠蔭照人。女主人善於烹調，她做的「蝴蝶魚」人人讚美。她說，「你們喜歡，下回再做給你們吃。」但吃過兩回，不好意思再要求，因為照她形容起來，實在太麻煩，比寫文章手續繁多。

李唐基原籍四川，四川朋友都有「擺龍門陣」的本領，唐基則緘默的時候居多，只有三五好友促膝聚談時，才可欣賞到他的詞鋒。他的本業是會計，在航運機構裡做到了專業的頂層，被派到美國作代表。他們一直住在東岸。

我中年才來美讀書，學成後回國工作，後來，琦君伉儷來美定居。我退休後住在西岸，一直沒有見面，但書信往還，電話問候，經常不斷。唐基處世謹慎而細密。我們初來安家時，得到他很多很好的建議和鼓勵。譬如找房子，選車子等，他的「心腹之談」皆不同泛泛，極有用處。

琦君在書房裡。琦君人如其文，總是那樣淺笑低眉，文文靜靜。這是她在臺北杭州南路家中的小照。可以看出那年頭兒，人是樸素無華，房間也是小小的，簡單得很，但寫得出好文章。

擁有無數大小讀者的琦君，著作既豐且廣。（文訊雜誌社提供）

琦君埋頭寫作甚勤，對年輕文友提攜教導，不遺餘力，有時也會抱怨說，有人把整本整本的原稿要請她指教，她既不肯草率敷衍，也不願一口回絕；我勸她不必拘禮，「到了我們這般年齡，不能再有求必應了」。她說她會考慮，但後來仍是熱心如恆。

有一回，我發現她的來信，只寫了一半，話沒說完就沒下文了。打電話去問，才知她因腿傷臥床，好像講起話來不像往日那麼清晰明白，頭頭是道了。

溫柔敦厚的文壇長青樹

他們決定把新澤西的家結束，二〇〇四年回到淡水養老；琦君於二〇〇六年六月七日病逝，享年九十歲。唐基表示，日後會把她的骨灰和遺著等送回浙江溫州，置藏在「琦君文學館」。這是她的遺願。

琦君一生可謂平穩無波，與世無爭，不求名而名自至。她似乎有些信佛，但不拘一法。著作四十餘種，爾雅出版的《三更有夢書當枕》已印行七十一版，朋友們稱她為「文壇的長青樹」。在春臺諸友中，她的讀者群也反映著她的風格，溫柔敦厚，歷久不變。

有崇拜她的文友為她寫傳，希望不久就能看到。我覺得，她的確是值得有一本很貼心的傳記的人。（編按：二〇〇五年三民書局已出版宇文正著《永遠的童話：琦君傳》。）

琦君

本名潘希真。浙江省永嘉縣人。一九一七年生，二〇〇六年逝世。浙江省杭州之江大學中文系畢業，曾任司法行政部編審科長、中國文化學院副教授、中央大學、中興大學教授。曾獲中國文藝協會散文創作獎章、中山文藝散文獎、新聞局優良著作金鼎獎、國家文藝獎等。琦君文風於平常中見韻味，尤以懷舊散文見長，讀者眾多。著作包括：論述《詞人之舟》；散文《煙愁》、《三更有夢書當枕》、《玻璃筆》、《淚珠與珍珠》、《水是故鄉甜》、《萬水千山師友情》；小說《菁姐》、《錢塘江畔》、《橘子紅了》；兒童文學《賣牛記》、《琦君寄小讀者》；合集《琴心》等五十餘種。

歷劫幾遭情多深

——柏楊當年

我認識他的時候，祇知道他是郭衣洞，河南人，和我是「直魯豫大同鄉」。柏楊是他後來用的筆名。在春臺群友中，都屬於「文藝青年」一代。沒想到他自稱「柏老」，老，應該還是很遙遠的事。

他先是在樹林教書，（我是從他那兒才知道「樹林」這個地名和方位），後來進了青年救國團，主要業務就是聯繫文藝青年們。

因文字賈禍入獄

他的遭遇，在春臺文友中算是最特殊的。為了文字賈禍，坐過九年又二十六天牢。無論怎麼解釋，都太沉重了。讀了他自己口述、周碧瑟執筆的《柏楊回憶錄》，把受難

柏楊在文章裡常常自稱「柏老」，從三十來歲時就是如此。我們也隨著稱他柏老。不過，在記憶中，他一直這樣年輕，喜歡講講笑話的「文藝青年」。

的經過寫得很清楚，連帶也寫出了他自童年到戰時作流亡學生的種種不幸。我有時想到，如果柏楊的繼母不是那樣刻毒，小學老師不是那樣兇暴，以及他後來在學校和職場中遇到的若干人不是那樣冷漠猜忌，他的人生應該大大不同。

因為，在我的記憶中，柏楊是一個喜歡說笑話的人，什麼事都並不看得很嚴重，也看不出他有特別「憤世嫉俗」的地方。

有次小集，在成都路一條陋巷中一家新開張的小館，一桌人點了幾個辣辣的菜，有一道「大蒜鰱魚」，做得很入味。可是鰱魚頭很大，肉不多，一下子就吃個精光；再加一盤，很快又吃光了。大家猶未盡興，可是沒人開口。柏楊大叫一聲，「么司，再來一道大蒜鱔魚啊。」一樣菜點了三道，跑堂的笑了，我們也都笑了，這樣做似乎不雅，但柏楊說的是大家都想說的。不知道為什麼，在許多年之後，我常常會想起那一幕情景。

幾度情路坎坷

柏楊的原配齊永培，是齊鐵恨老先生的女兒。齊老是何凡在國語推行委員會的同事兼好友，所以，柏楊管何凡叫「六叔」、海音是「六嬸」。我們藉此取笑他，「你應該叫我們叔叔、阿姨」。

曾有一回餐會，他遲到了近一小時，進門來埋頭不語，神色黯淡。何凡低聲對我說，「這小子今兒個怎麼像被殃打了，瞧這副模樣」。照北方民俗所傳，有人死亡，七天後亡魂會回家告別，稱之為「出殃」。親人屆時都要走避。「被殃打了」是極不祥的事。

原來那天他和齊女士曾大吵一場。他們倆性格不合，終告仳離。男女之間的事，很難說誰對誰不對；我比較接近何凡的「長輩」觀點，勸合不勸離啊。

他後來的兩度婚姻，我們都曾參加婚禮。他和倪明華相戀，鬧得滿城風雨，外界的無謂干擾，反而加強了他們終身廝守的決心。記得在婚筵上，有一位穿軍裝的校官，自稱是柏楊的堂兄弟，站起來發言。可能事前有人發覺，把他攔住了。那天吃喜酒的人不多，有人覺得那人似乎是存心鬧場，不祥之兆。惟有周棄子說，「柏楊這個婚算是結得很好。」

後來柏楊有縲絏之災，年久情變，以離婚結束。柏楊有〈出獄前夕寄前妻倪明華〉詩二首。其中有句：

感君還護覆巢女，魂繞故居涕棘荊。
我今歸去長安道，相將一拜報君情。

劫後餘生，這份沉哀的心情，已超出愛與恨之外，但寫出這樣的好詩，要付出多麼沉重的代價。

柏楊和張香華結婚，是他出獄以後的事，社會環境大變。柏楊這次婚禮辦得十分熱鬧，座設福星川菜館（原址早已改建），文藝界朋友紛往致賀；可是，因為人多口雜，連貴賓講話也聽不清楚。大家不僅是賀新人，也有賀喜他重獲自由的意味。

柏楊出獄之後，至少有兩件事值得佩服。

以十年之功完成《資治通鑑》今譯本

一是他以十年之功，完成了《資治通鑑》今譯本的工作。古書今譯，為當今所需，那幾年間，單是司馬光這部巨著，便有三、四種今譯本問世。柏楊版以一人之力成之，

際遇坎坷的柏楊。

柏楊著作表現出對歷史時代的關切。（文訊雜誌社提供）

證明了他自始至終不放棄筆墨生涯的志趣。譯本的高下得失，留待後人評賞吧。

其次，他根據自己的痛苦經歷，譴責「白色恐怖」，他的心情自可理解。不過，他的不同凡俗之點是，並沒有因為不滿國民黨而去阿諛共產黨。兩岸的「權威統治」他都沒有放過。他剛出獄時，河南家鄉有人為他塑造一座很大的半身像。因為解放軍系統的報刊上有人批評，就悄悄把那座像拆除了。此事亦可反證，說柏楊是「匪諜」，實在是一大冤案。

不過，在某些方面，我和他之間仍有異同之見。他認為中國的傳統文化，都是「醬缸」，所以中國人是醜陋的中國人。我則信奉孔子的「溫柔敦厚」的詩教。無論作文或做人，都要「行其所當行，止乎其不得不止」。或者在他看來，這種溫溫呑呑的「中道」，都是醬缸文化的產物。而我不相信一切過激的、趨於極端的思想和言論。

因為想法不一樣，生活的道路也不一樣。有次在電視畫面上看到柏楊對一位新政權裡的大官講話，他含著淚說，「臺灣的民主來之不易，要好好珍惜啊。」我不太清楚那是什麼場合，也並不明白他為什麼說那句話。找出他送給我的那本《柏楊詩抄》，回想春臺舊日的小聚和他後來的遭遇，以至今日世情種種，不禁也湧起一陣「欲哭無淚」的辛酸。

柏楊與張香華夫婦攝於《文訊》主辦的「臺灣文學雜誌展」上。（文訊雜誌社提供）

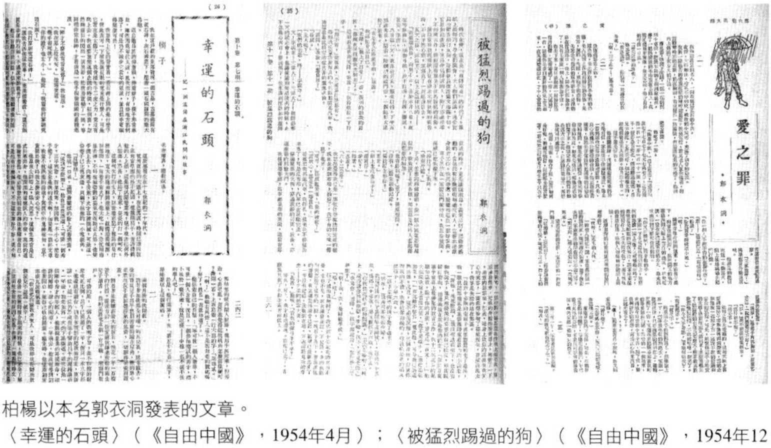

幸運的石頭

郭衣洞

被猛烈踢過的狗

郭衣洞

愛之罪

郭衣洞

柏楊以本名郭衣洞發表的文章。
〈幸運的石頭〉（《自由中國》，1954年4月）；〈被猛烈踢過的狗〉（《自由中國》，1954年12月）；〈愛之罪〉（《自由談》，1955年9月）。（文訊雜誌社提供）

柏楊

本名郭立邦，後改名郭衣洞，另有筆名鄧克保。河南省開封縣人。一九二〇年生，二〇〇八年四月二十九日逝世。東北大學畢業，曾任中國青年寫作協會總幹事、成功大學副教授、臺灣藝術專科學校教授等。在一九六〇年代曾繫獄九年餘，一九七七年獲釋。創作以雜文與小說為主，往往寓關懷與批判於筆鋒之中。著作包括：論述《中國人史綱》、《柏楊版資治通鑑》；詩集《柏楊詩抄》；散文《異域》、《醜陋的中國人》、《醬缸震盪》、《柏楊回憶錄》；小說《蝗蟲東南飛》、《辨證的天花》、《生死谷》；兒童文學《柏楊在火燒島——寫給女兒的信》等七十餘種。

聶華苓攝於50年代春臺
集會於陽明山上。
（郭嗣汾提供）

走過飄浪的年代

——寫聶華苓

聶華苓，湖北人，中央大學外文系畢業，對英美文學下過真工夫。春臺諸友中，如果說琦君代表東方，華苓就是代表西方，她們倆交情最深而風格不同。

按農曆計算，華苓的生日比我小兩三天，都在農曆年剛剛過後，春臺舉辦慶生會，為了省事，日期相近的合在一起辦。我稱她「華苓大妹」。後來才發現她比我大一歲。不久前看到一位評論家的文章裡說，「聶華苓在文壇上，可算得祖師奶奶一級」，不免為之失笑。到了這樣的「高檔次」，差個兩三天或一二年，何足道哉。

為《自由中國》編審文藝作品

華苓為雷震先生主持的《自由中國》編審文藝作品，《自由中國》半月一期，政論為主，文藝作品限於創作，每個月頂多用兩三萬字，所以她取稿謹嚴。我在《新生報》編要聞，白天為趙君豪先生主持的《自由談》處理編務。《自由談》每月一期，要消化二、三十萬字，小說、散文、評論、遊記、翻譯作品兼收並蓄。工作的「量」比華苓多得多。我很羨慕她的專精（其實她要兼辦《自由中國》有關中譯英的文件等，事情也不輕鬆），她認為我的耘耘園地較廣，可以享受較大的揮灑空間。我們除了盡心把刊物編好之外，都很熱心從事寫作、翻譯等工作，算得上是很認真的文藝青年。

以中短篇小說見長並翻譯大師作品

華苓以中短篇小說見長，像〈葛藤〉、〈高老太太的週末〉等，大家都很喜歡。她也翻譯過很多歐美名家的作品，像福克奈爾和詹姆斯等大師的心血精構，一般譯者大都不敢一試，她也能舉重若輕，游刃有餘。

一九六〇年，美國國務院邀請我赴美訪問半年，以小說家身分被邀的，我算是第一人。我自知從大學畢業後，除了閱讀和譯稿之外，口語甚為生疏。華苓認為我底子是有

這五位女作家，在文壇同享盛名。有四位是春臺小集中的「熱心份子」。左起：琦君、潘人木、聶華苓、孟瑤、林海音。五人中已有四位作古，聶華苓是「碩果僅存」，難怪有評論家說她是「祖師奶奶」級的作家。

的，就不必過分擔心。她交往了很多位到臺灣深造的美國研究生，便為我安排了「家教」，每週幾個晚上，我去那些年輕的洋老師住所，一對一地談話，天南地北，想到哪兒說到哪兒，頗有進益。訪美計畫後來因為我考取中山獎學金，時間衝突而未能成行。可是華苓鼓勵我「不要怕講話」的情意，我一直感念在心。

華苓文學修養很深，但於現實政治則幾乎是一張白紙。早期的《自由中國》，純然以自由主義為號召，後期逐漸涉及政治，其實以今日標準視之，算不得激烈。但有些人不免視之為「異類」。華苓則始終以一貫態度編她的文藝稿，寫她的小說。

我在美國念了幾年書，回到臺灣和老友們重聚，《自由中國》已經沒有了，華苓應聘在臺大等校任教，受到學生們的歡迎，但她的心情並不開朗。

華苓家住在松江路，一排新建的西式房屋。她那個小院子一院二宅，鄰家是哲學家殷海光，他是《自由中國》主筆之一。海光緘默寡言，我們的聚會他很少參加；不過有幾次華苓在家中擺「四健會」，殷先生湊過來看「歪脖子胡」，這是頗輕鬆的畫面。

華苓的父親是軍人，在內戰中殉職，聶伯母守節撫孤，華苓是長女，很能為老母分勞。她和海音一樣，有老母在堂，克盡孝道。

《自由中國》出事的第二天，我到聶府慰問。華苓說，曾有人去問過話，倒沒什麼不禮貌之處。聶伯母對她說，「出了這種事，大家都關心。朋友如有所避忌，妳也不必介意，這是人情之常。」我聽了覺得很難過，但也不能不佩服老人家的豁達。這就是最接近「白色恐怖」的體驗了。

與詩人安格爾合辦「愛荷華寫作班」

華苓後來去愛荷華大學，讀了一個碩士學位，與詩人安格爾結婚，並合辦「愛荷華寫作班」。

她在籌辦之初，就寫信來邀我參加，我開玩笑說，「妳在講壇上當老師，我坐在下面當學生，這不大像話吧。」

她回信鄭重解釋，「寫作班不是學校，也沒有老師和學生，只是提供一個場所，結合當世作家相聚一堂，互相切磋。」

我因為去美讀書，返臺時已經快四十歲，報社賦以重任，我自己也有很多寫作計畫；如又出國，於公於私都不好交代，所以婉謝了她的美意。那寫作班聽說很成功，特別在促成臺灣、香港、大陸三方面作家交流聯繫，意義深長。華苓花費心力不少。

「君子交絕，不出惡聲」

後來發生一件事，搞得很僵。華苓與安格爾聯手譯了一些毛澤東的詩詞，刊在銷路廣大的一家男性雜誌上。那年頭不僅臺海兩岸猶如敵體，在海外的華人社會，也是涇渭分明。從臺灣角度著眼，譯毛詩不免有「為匪張目」之嫌。我寫信給她說，從臺灣出去的知識份子，批評國民黨不足為異，但何必替共產黨宣傳。毛詩如不是掛上安格爾與華苓的大名，雜誌上不見得會採用。華苓回信說，她譯詩完全是文學欣賞，與政治無關。我說，如果那麼說，孫中山、蔣介石、黃興、于右任都寫過詩，比「只識彎弓射大鵰」更有情味，妳何不也譯幾首出來？

華苓大概覺得我逼人太甚，回信說，「想不到你給我寫信也像寫三三草一樣。」「三三草」是我在《聯合報》上的小小專欄，縱談時事，放言無忌。我說，「我給妳寫信，和寫三三草一樣都是出於真誠。妳如果不喜歡聽真話，我以後不說就是。」

此後我們沒有再通信，到了「君子交絕，不出惡聲」的地步。

恢復邦交，恩怨兩忘

若干年後，一天在報上讀到消息，說安格爾在某地機場上，心臟病發，猝然逝世。我寫信致弔唁之意。華苓很快就覆信致謝，似可稱是恢復邦交。

現在回想起來，也要怪我自己多事，小題大作了。幾十年後的今天，國民黨的首長，臺灣各種行業的精英，前往大陸，絡繹於途。連我自己也曾是釣魚臺的上賓。華苓

安格爾初次來臺，學著用筷子，幾年之後，他和聶華苓在愛瓦成婚。

聶華苓直至近年仍書寫不輟。（文訊雜誌社提供）

翻譯幾首毛詩又算得了什麼。

畢竟我們都太嚴重了一些，仔細思量，這嚴重，該說正是年輕時的好處吧。到了今天這把年紀，萬事空明，恩怨兩忘，什麼也記不得了。

華苓晚年的來信

華苓這封信，是在我去信弔唁安格爾之喪以後的回信。信中所說的心情，可以說概括了此後半生的生涯，誌之於次：

彭歌：

沒想到收到你的信，也就感到特別安慰。Paul離去後，沒料到的安慰，是一些老朋友又連上了。我是十分念舊的人，你知道。多年老友的沉寂，也沒稍減我對他們的感情。一些「成見」，我也不想解釋了。

我沒寫過「成功」的作品，以後也不會寫出。「瞎捧」也不會迷惑我，我對褒貶早已淡然了。

但我和Paul已「寫」出一部成功的作品——我們倆廿七年兩情相悅的生活。那種生活不是「大人物」就可以享受到的。我們相知相愛的奇迹是在平凡的人物、事物中共同體驗到的不平凡。一同去菜場買菜，去郵局寄信，去五金店買一釘一錘……都叫我們心喜。一九六四年以前，我在一個男人那兒所需要的，全在他那兒找到了。他對我作為一個女人，也有同感。

他人已去，去的那麼突然，而這山上的小屋仍然充滿了他。

現在，我仍在掙扎渡日，生活已無光彩，也無趣味了。這是我一生中最難「活」過來的一段日子。好在兩個女兒、女婿、外孫都對我呵護備至，還有華桐給我很大支持。我將於本月十七日和薇薇一家去Bonn，和他們住兩個月，六月中旬他們再和我一同回來。他們走後，藍藍一家人再來一陣子。十二月將去香港（早已應約，Paul本同去），順便來臺探望親友，希望見到老友們。

華苓　四月十日

薇薇、藍藍是她的兩個女兒。薇薇嫁了一位德國外交官，當時住在波昂。藍藍是一位舞蹈家。華桐是她的小弟弟，是楊振寧的弟子，後來在北京的清華大學任教。華苓一直住在愛瓦的山間，安度晚年。

彭歌：

沒想到收到你的信，也就感到特別安慰。Paul 離去後，沒料到的安慰，是一些老朋友又連上了。我是十分念舊的人，你知道。多年老友的沉寂，也沒稍減我對他們的感情。一些「我見」，我也不想解釋了。

我沒寫過「成功的作品」，以後也不會寫出。「瞎捧」也不會迷惑我，我對虛榮早已淡然了。

但我和 paul 之「寫」了一首「成功的作品」——我們倆廿七年兩情相悅的生活。那絕不是大人物能夠享受到的。我們相知相愛的方式是在平凡的人物、事物中共同體驗到的不平凡。一同去華僑墓地，去郵局寄信，去五金店買一釘一錘！——都叫我們心喜。1964年以前我在一個男人那兒所需要的，全在他那兒找到了。他對我作為一個女人，也有同感。

他人已走，走的那麼突然，而一直山上的小屋仍充滿了他。

現在，我仍在掙扎度日，生活已無意義，也無滋味了。這是我一生中最艱「苦」的一段日子。好在兩個女兒、女婿，外孫都對我呵護備至，還有華桐，給我很大支持。我將於本月十七日和薇薇一家去 Bonn，和他們住兩個月，六月中旬他們再和我一同回來。他們走後，藍藍一家人再來一陣子。十二月將去香港，順便來台探望親友，希望見到老友們。（早已說好，無法同去）

華苓　四月十日

聶華苓

湖北省應山縣人。一九二五年生。南京中央大學外文系畢業，在美取得科羅拉多大學、可歐學院、杜布克大學三個榮譽博士學位。一九四九年到臺灣，曾任《自由中國》編輯委員和文藝主編、臺灣大學與東海大學副教授。一九六四年被聘為美國愛荷華大學「國際作家工作坊」顧問；一九六七年和美籍夫婿保羅．安格爾一同創辦愛荷華大學「國際寫作計畫」，每年邀請世界各地知名作家到愛荷華，寫作、討論、旅行。聶華苓創作涵括多文類，在多國發表。《桑青與桃紅》英譯本曾獲一九九〇年美國書卷獎，二〇〇九年獲「花蹤世界華文文學大獎」。著作包括：散文《夢谷集》、《愛荷華札記》、《三生三世》；小說《葛藤》、《失去的金鈴子》、《桑青與桃紅》、《千山外．水長流》等十餘種。

作家孟瑤年輕時的身影。
（夏祖麗提供）

孟瑤學養豐富，往來於論述與創作間。
（文訊雜誌社提供）

回首群友話當年

還有幾位朋友，不算是春臺的基本成員，他們偶來參加，盡興而返，和我們也存有一種特殊的情意。

有鬚眉豪邁之風的孟瑤

一位是小説家孟瑤，原名揚宗珍，和生人初見面時，一定要聲明，是「提手的揚，不是木易楊」。除了漢朝的揚雄之外，我只見她過這麼一位姓揚的。

孟瑤以〈心園〉成名，〈危巖〉之後佳作連連。她和潘人木是我最佩服、創作力最旺盛的作者。《傳記文學》曾刊有她的小傳，對她的作品介紹甚詳。

孟瑤為人灑脱，頗有鬚眉豪邁之風。她的酒量非常好，但不常飲。她很不喜歡把作家依性別分類的說法。「作家就是作家，為什麼要挑明了女作家？」

孟瑤原在師範大學任教，一度被南洋大學聘去，回臺後在臺中農學院（後來的中興大學）任教。每來臺北，必和我們相會。

在寫作之外，她也從事戲曲研究，寫過一部《中國戲曲史》。她自己很會唱戲，達到「內行」水準。有一年，她和復興學校朱秀榮校長公演全本「四郎探母」。她演四郎楊延輝，唱念作表，中規中矩，是臺北文化界一大盛事。可惜她粉墨登場只有那麼一次。

孟瑤

本名揚宗珍。湖北省漢口市人。一九一九年生，二〇〇〇年逝世。重慶中央大學歷史系畢業，歷任臺中師範學院、新加坡南洋大學中文系教授、中興大學中文系教授、系主任。孟瑤出入於學術、小說、戲劇間，曾獲中華文藝獎及嘉新文藝獎。著作包括：論述《中國戲曲史》、《中國小說史》、《中國文學史》；散文《給女孩子的信》；小說《心園》、《幾番風雨》、《迷航》、《食人樹》、《風雲傳》；劇本《韓夫人》、《感天動地竇娥冤》；兒童文學《荊軻》、《楚漢相爭》等五十餘種。

經濟學者夏道平

再一位是夏道平，經濟學家，古文修養甚深。和我們在一起，他很少發言。他年紀比我們大，卻喜歡聽我們喧嘩笑鬧，亂發議論。

夏道平是《自由中國》的主筆。每兩週一篇的社論，多半由他和殷海光分擔。海光寫時政、論思想，道平則專注於財經。他的高論常會發生具體的影響。《自由中國》停刊後，他轉任政治大學教授，退休後逝世。

當年，黨外勢力初起，辦了許多刊物。道平說，「他們沒有一個經濟專家」。國民黨在財經政策上許多缺失，黨外諸君摸不著要點。到今天，民進黨也仍然缺乏真正懂財經的人。

夏道平著作以論述與雜文為主。（文訊雜誌社提供）

夏道平

湖北大冶縣人。一九〇七年生，一九九五年逝世。國立武漢大學經濟系畢業。抗戰末期結識雷震，從此走上自由主義經濟之路。《自由中國》創刊後，與殷海光同為主筆，常撰文指陳時弊。曾任教於政治大學、輔仁大學、東海大學、東吳大學等，曾任輔大經濟系系主任等。著作包括：論述《自由經濟學家的思與言》、《由由經濟的思路》、《我在自由中國》，並翻譯自由經濟名著。

劉守宜創辦《文學雜誌》

劉守宜，江蘇人，與吳魯芹等是武漢大學同學。《文學雜誌》創刊時，主編夏濟安教授聲譽鵲起，很少人知道為那本雜誌籌劃財源，張羅印刷業務的是劉守宜。

劉守宜，面團團如富家翁，我們戲稱之為「劉老闆」；其實他對文學鑑賞評論，功力甚高。有一次用「石堂」為筆名，寫了一篇批評徐訏小說的論文，發表之後，各方爭問，「這石堂是誰」？

《文學雜誌》辦得很成功，但經濟上仍乏基礎。守宜擴大聲勢，辦了一家明華書局，在重慶南路書店街上占了一席地位。可是，後來在我出國念書那幾年，守宜因所託非人，書店帳目不清，落到賠本關門，守宜為維持信譽，全力騰挪，還清債務。他自己應聘到臺大工學院任職，與文藝界朋友們極少往來。在他身後，惟有幾位老朋友還想到他創辦《文學雜誌》的魄力與眼光。

劉守宜（右一）與吳魯芹（左一）、齊邦媛（左二）、武漢大學文學院院長高公翰夫婦合影。（翻攝自吳魯芹《臺北一月和》，上海書店出版社）

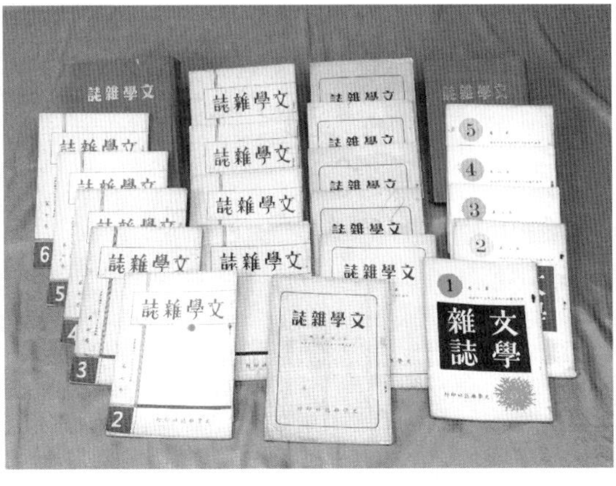

劉守宜與吳魯芹、夏濟安合辦《文學雜誌》（文訊雜誌社提供）

劉守宜

號石堂，江蘇人。一九一四年生，現已過世，曾任職於正中書局，創辦明華書局，出版中譯書籍與諸多重要中文創作；並曾與吳魯芹、夏濟安等人共同創辦《文學雜誌》；亦曾任職於臺灣大學、於輔仁大學教授「中文作文」，之後轉向古典文史叢書的編纂。發表小品散文，文風時尖刻而幽默。

糾糾武夫公孫嬿

公孫嬿，本名查顯琳，是在北京長大的江南人。他在輔仁大學讀書時，就發表《上元月》詩集，為青年人所喜愛。

他的筆名有些鴛鴦蝴蝶氣，實際生活中他卻是不折不扣的糾糾武夫。在臺灣相見時，他是駐守金門前線的砲兵連長（或營長），職責繁重，但仍不能忘情寫作。

他參加春臺聚會的次數不多，因為他的假期難得，來去匆匆，不一定恰巧碰上我們集會的日子。他找我比較方便，我就請他在中華路下小館兒。他說他在前線，嚴陣以待，幹勁沖天。可是，一回到臺北，看到的是到處燈紅酒綠，很讓他洩氣。連回臺休假也不感興趣了。

因為他是主管砲兵單位，有很多機動車輛，車禍也就不少，遇到士兵不幸因車禍喪生，當主管的面臨考驗。如果心驚膽戰，涕泣橫流，弟兄們會覺得你不夠擔當，但若不動聲色，冷面以對，又會被責為無情無義。公孫嬿說，處理喪事，比打仗更難過。

陳大慶將軍出任陸軍總司令時，看重公孫文武兼資的學歷，派他出任駐外武官，退伍後聽說也來美國。他有一個兒子在哈佛讀書，應已成人。

公孫嬿這名字，聽起來像個大閨女，其實是血戰沙場大兵官。這是他在金門前線照的相。

公孫嬿身為軍人，猶不能忘情創作。（文訊雜誌社提供）

公孫嬿

本名查顯琳，筆名余皖人、寧之懷。安徽省懷寧縣人。一九二五年生，二〇〇七年逝世。北平輔仁大學、陸軍軍官學校、參謀指揮大學畢業，並獲菲律賓阿連諾大學碩士。曾任砲兵指揮官、駐伊朗軍事武官、駐美國首席武官、情報學校校長、青溪新文藝學會理事長等。公孫嬿作品注重文字詞彙，時幽默時諷刺。著作包括：詩集《上元月》、《大兵謠》；散文《大姐‧小姐》、《倚砲集》、《中東采風》、《港》（報導文學）；小說《海的十年祭》、《火線上》、《解語花》、《夜襲》；合集《公孫嬿自選集》等二十餘種。

「很有天才」王敬義

王敬義是春臺裡最小的，他當時還在師範大學讀書。有一篇小說〈薏美〉，女主角就是他的女友，後來結婚成家。

梁實秋先生曾誇獎他這位弟子「很有天才」。天才就不免調皮搗蛋。為了軍訓成績不佳，幾乎畢不了業。後來好像是南郭幫他找到朋友講講話，才得過關。

海音講過一個笑話，她說，「敬義這孩子不大老實。」他曾跟海音說，「臺灣文壇真正天才只有一個半，一個是妳，半個是我。」但這樣的話，他也對別人說過，穿了幫就有些可笑，但也可說是他的天真。

敬義是以僑生身分念師大，畢業後回香港創業。辦過一本雜誌《南北極》，因為兼採兩岸的作品，在臺灣曾是「違禁品」。後來雜誌不辦了，開了一家「文藝書屋」，聽朋友們說各方風評還不壞。

來自香港的王敬羲。
（翻攝自劉以鬯編《香港文學作家傳略》，香港：市政局公共圖書館）。

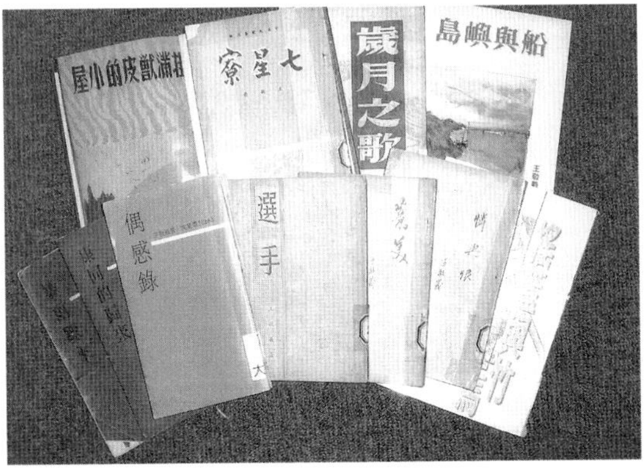

王敬羲為春臺小集裡最年輕的成員，圖為其出版著作。
（文訊雜誌社提供）

王敬羲

江蘇省青浦縣人。一九三二年生，二〇〇八年十月十四日逝世。臺灣師範大學英語系畢業，美國愛荷華大學碩士。曾主編香港《純文學》月刊和《南北極》雜誌，主持香港文藝書屋，亦曾任教於香港中文大學。著作包括：散文《聖誕禮物》、《掛滿獸皮的小屋》；小說《薏美》、《七星寮》、《憐與恨》、《康同的歸來》等十餘種。

感舊多悲辛

唐代大詩人白居易，有四位朋友是李建，字杓直；崔玄亮，字晦叔；元稹，字微之；劉禹錫，字夢得。他們都先白樂天而逝。白氏《長慶集》有「感舊」詩篇。序言中說，「四君子者予之執友也。二十年間凋零共盡。唯予衰病，至今猶存。因詠悲懷，題為感舊。」

樂天詩「老嫗能解」，這也祇是說明其淺處見深情，未必就是非要通俗鄙白不可。這首詩不用什麼典故，在我讀來，比某些現代詩更容易領會，也更令人感動。詩云：

晦叔墳墓草已陳，夢得墓溼土猶新。
微之捐館將一紀，杓直歸丘二十春。
平生定交取人窄，屈指相知惟五人。
四人先去我在後，一枝蒲柳衰殘身。

豈無晚歲新相識，相識面親心不親。
人生莫羨苦長命，命長感舊多悲辛。

常聽許多長者說，「老朋友一個也不可少，新朋友一個也不必多」。這種歲暮天寒、寥落孤寂的心情，都被樂天這一句「命長感舊多悲辛」說盡了。

春臺舊友，以偶然的機緣在一起，切磋琢磨，互相激勉，可稱之為益友。但時光荏苒，世緣變幻，各自走著不同的道路，也有著不同的歸宿。如今回首前塵，逝者已矣，生者也已走到垂暮的光景，去日苦多。人活到這一地步，對過去的人與事，有更多的懷念。而對已經發生的，和眼前正在進行的紛紛擾擾，也都看作是過眼雲煙。我只是想把當日一段光景記下來，在一九五〇年代的臺灣，曾經有那一夥年輕人，為文學創作默默耕耘過。那年頭兒沒聽說「統獨之事」，好像也沒有「中國往何處去」的疑惑。大家只是埋頭苦幹，相信這個世界是公平的。

走了的已經遠去，活著的也大概用不了幾年都會成為過去式。他們辛勤寫作的成績，對於臺灣的崛起奮發，曾有過難以估計的貢獻。將來有多少人會記得他們呢？

這些素樸的生命，談不上什麼偉大驚人的功勳，他們只是誠誠懇懇、按照自己的信念活過來，用他們的作品為這個動盪不安的大時代，留下了些許值得回顧的紀錄。值得安慰的是，當我們都飄然遠去之後，時代依然會隆隆前進，永不息止，也不再回頭。

——二〇〇六年十二月三日

輯二・筆會三人行

筆會與蘭熙

我自幼喜歡聽故事，年事稍長，更喜歡讀小說，寫小說。文學創作是此生熱愛，但我並不怎麼熱心參加文學團體。總覺得文學是心靈事業，應該孤獨地探索追求，不必許多人鬧哄哄。參加國際筆會則出於偶然。

中華民國筆會成立於一九二四年

國際筆會一九二一年成立，中華民國筆會一九二四年誕生。最早由蔡元培先生任會長，林語堂先生任秘書。那時我還沒有出生。現代中國經歷了天翻地覆的變化之後，由於駐聯合國教科文組織（UNESCO）代表陳源先生的倡議，筆會在臺北重建。初期的會長如張道藩（立法院長）、羅家倫（考試院副院長），雖都是新文藝運動的先鋒人物，但因為他們都是大官，當朝一品，位列三臺，對我這樣的文藝青年反而沒有甚麼吸引力。直到林語堂先生自海外返臺，被選為會長，氣氛為之一變。林先生的作品大家讀過不少，名滿天下，殊非倖致，而他的親和力與真誠，尤令人感動。

中華民國當年的處境，比現在好不了多少，「走出去」廣交天下，是各方共同的期求。在林先生號召之下，我們筆會主辦了兩屆大規模的亞洲作家會議，積極參加歷屆的國際筆會年會，並創辦了英文的《筆會季刊》，展現出中華民國文壇上蓬勃發展、人才輩起的景象。

這幾項工作的奠基和推展，殷張蘭熙女士和王藍先生都有很多貢獻，蘭熙對季刊投注心血最多，是筆會的靈魂人物。

一九六四年春間，我在美國進修告一階段，即將束裝回臺，某日接到臺北一位女士用英文寫的信。她說她讀了我一些小說，很喜歡，有意譯成英文，特來徵求同意。彼時智慧財產權一詞尚未流行，英譯中、中譯英，大多是想到就幹。這位女士的信寫得很客氣，意思很誠懇，我當即表示同意，謝謝她的賞識；同時也告訴她我即將回臺北，日後當謀良晤。這番書信往來便是蘭熙和我論交之始。我猜想她大概是嫁給中國人的外籍作家。我回臺之後，工作很忙，並沒有和她聯繫，後來由於筆會的工作才聚到一起，成為知己。

蘭熙的父親張承槱先生，曾追隨國父孫中山先生，為同盟會前輩。革命軍擊破清兵光復上海之役，他曾親冒矢石，在第一線作戰。民國成立後，他並未入仕途，而到美國深造。讀書時與一位美國女郎結婚，她就是蘭熙的母親。母女的英文名字都是Nancy。

蘭熙的英文根柢，一部分得自母氏教誨，大部分靠她自己勤學奮進，博覽經典名作。抗戰時她在成都華西大學讀英國文學系，教授們都稱讚她是最好的學生，有的老師甚至說，她已足可勝任教職，不必再念了。一次參加全國大學生英語演講比賽，輕輕鬆鬆得了第一名。

來臺之後，她曾在東吳大學任教，並在新生南路懷恩堂開講英詩，聽講的有好多位臺大高材生，後來享譽文壇。他們對蘭熙都很服氣，至今保持著亦師亦友的情分。

王藍力邀蘭熙參加中華民國筆會

蘭熙於一九六〇年代到哈佛去，參加由季辛吉主持的一項研究。那年曾應邀以觀察員名義，參加美國筆會在紐約舉辦的國際筆會大會。在那次會中和王藍初識，相談甚歡。王藍力邀她參加中華民國筆會，她欣然同意了。我和她都是會員，但仍未相識。

一九七〇年六月間，在臺北召開第三屆亞洲作家會議，是林語堂先生出任會長後第一件盛事。由於林先生的聲望，請到了包括剛剛得到諾貝爾文學獎的川端康成先生等名作家光臨，大會進行十分順利。實際的策劃與執行，全靠王藍與蘭熙推動。大會期間，蘭熙編定議程，每天把前一天會中討論的速記紀錄整理編次，油印出來，分送給一兩百位出席的中外會員。這件工作相當艱鉅，後來我們到外國開會，很多東主國都沒能作到這一點。蘭熙初試啼聲，贏得了內行的敬佩。

開幕前某個夜晚，我偶過筆會（當時在羅斯福路一間小屋），王藍正率同幾位文學青年趕寫請帖。我略略檢視，發現有很多錯誤，這樣發出去，不僅請不到人，說不定還會招人見怪，我說，「明天查清楚，我給你一份名單。」王藍說，「來不及了呀，你就坐下來寫吧。」說來很可笑，這就是我真正參與中華民國筆會工作之始。

三位熱愛文學、同嘗甘苦的工作伙伴

筆會組織上有執行委員會（現已改為理監事會議），王藍是執行秘書，為了開大會對外響亮一些，林先生提議改稱秘書長。王藍堅邀蘭熙和我拔刀相助，我們兩人就成為會章上本來沒有的副秘書長。從繁忙的工作中，我們培養出三十多年的深厚友情，真如家人手足一樣。

三個人熱愛文學，對於當前時代具有深切的憂患意識，「無論如何，總得愛中華民國。」不過性格與作風各有不同。

王藍相信「四海之內皆朋友」，他樂於為朋友作任何事，他也期待朋友同樣對待他。為筆會工作，他不時想出種種計畫，要我忙碌不停。我跟他說，「老哥，作你的朋友，真累人。」

我自己深信「人到無求品自高」，凡自己能解決的難題，能承擔的痛苦，都不必找別人。這種性格處今之世已不合時宜，用以推動筆會的工作，更是寸步難行。一個一百二三十位會員的民間社團，要想辦得有聲有色，處處要求人協助。筆會使我逐漸改變了自己。為了筆會，不得不常常求人。

蘭熙待人接物，有她特殊的魅力。在她眼中，如蘇東坡所謂「世間無一個不好的人」。她以誠懇親和的態度對待每一個人。上海有位有名的營建業大亨曾說，「殷太太這人了不起，無論是為難的時候，或風光的時候，她待人無啥兩樣。」

關切每一位朋友

她關切每一位朋友，朋友有事，她總盡力幫忙。但她自己有難處，總不肯讓任何人知道。她永遠祇有付出，愛人如己。林先生自稱，「與大使或乞丐一起吃飯，同樣從容。」蘭熙也有這種本領。她對人好，純然發自內心。

林先生說，「一個文藝團體，應該有自己的刊物，我們筆會應該出一本英文雜誌，向國際間推介我們的作家和作品。」主編的責任，公推蘭熙承當。這本刊物一年四次，初期工作全靠她一個人。今年是季刊創刊三十週年，蘭熙開疆拓土之功，令人懷念。創

這是殷張蘭熙自己很喜歡的照片之一，在義大利海濱留影。（彭歌攝）

刊號是素色封面，篇幅單薄，內容卻很堅實，看得出自由中國作家們努力的風貌。

王藍提供美術專欄的資料，我負責徵集聯繫中文的小說散文稿，蘭熙負責選詩。材料初選之後，蘭熙作最後的斟酌。有時也會有爭辯。一次為了我力薦張永祥的電影劇本《秋決》，她說我是「男性沙文主義」；但劇本刊出後，仍有好評。

蘭熙的英文好，大家都有數。林先生對一般文友少所許可，但曾公開讚許蘭熙的英文造詣。這是我聽到林先生誇獎的唯一人選。故宮博物院請林先生為〈清明上河圖〉長卷寫一本解讀，林先生事忙，轉薦蘭熙去寫。她很用心地寫成一本圖文並茂的鑑賞集，後來成為暢銷書，在國外藝壇頗受好評。

一次在倫敦，我們同去參觀泰勒美術館，館中有很多收藏畫作都與希臘神話和《聖經》故事有關，她為我一一解說，如數家珍，使我歎服。她的博聞強記，非常人所及。又一次在愛丁堡，許多朋友晚餐後乘卡車越過山區回旅社去休息。有人乘酒興大唱高原民歌，各國代表裡唯有蘭熙應聲唱和，使得蘇格蘭朋友們大為興奮。蘭熙告訴我，「這歌是我小時學的。好比到了臺灣會唱幾句『阿里山的姑娘美如水』，當然會受歡迎。」她會唱的這一類歌真不少。

《筆會季刊》耗費她的時間精力

《筆會季刊》耗費她的時間精力很多，她無時無刻不在催我們找好的材料，她又多方徵求中譯英的好手。初期找不到人，她一個人自己譯，自己編；後來漸漸建立了一個「翻譯網」，遍及各國，以北美為多。有些譯者她並未見過，全憑作品上見高下。她經常和他們保持通信，打電話，磋商譯本上的一些問題。有些外國人英文好，但對中國事情有些隔膜，解說起來，頗費唇舌。

我們看到當時一些雜誌，內容常有主編或主持人自吹自擂。我們議定，蘭熙、王藍和我的作品，都不在季刊上發表，以免「公器私用」之嫌。這項作風差不多也算是建立了一項傳統。《筆會季刊》只發表好的作品，不限於會員；但我們三個負責人則自動設限。

我們的季刊，分別寄贈給各國筆會（以會長或秘書長為對象），約兩百家各國著名大學和圖書館（我編擬這份名單，費了不少腦筋）。我們逐漸也擁有一些訂戶，海外有的學校用季刊作為研讀中國語文的教材。

讀者來信，無不詳讀覆信

凡有讀者來信，蘭熙無不詳讀，且迅速覆信。她很不贊成我所說的「事緩則圓」；她認為不管同意不同意，覆信要快，要坦誠相對，乾淨俐落。不要拖泥帶水，用她的說法就是ni-ni nia-nia。

她對我的小說，尤其是以抗日戰爭期間為背景的作品都很喜歡。一九七一年她譯了六位作家的短篇，包括王藍、朱西甯等，以我那篇〈象牙球〉（The Ivory Balls）作為書名。後來又陸續譯了我九個短篇，彙成一卷，題名《黑色的淚》（Black Tears）。書中一字一句，都經她細心琢磨，稍有疑問，就會打電話來討論。如她有不同意見（如對某一篇結尾，她認為太囉嗦了，就商量刪節）。我覺得她不僅是最盡心的譯者，也是最認真的讀者。可惜我因新聞本職的工作，越來越忙，未能努力多寫小說，辜負了她的期望和鼓勵。

我的作品，曾有英、日、韓、德等譯文，《黑色的淚》是唯一的單行本。書前有夏志清先生的長序，有董陽孜女士的題字，封面設計則是蘭熙一手安排。她說，「我希望讓外國人多多了解我們中國人永不向強權屈服的毅力和精神。」她的話令我有知遇之感，雖然自知並沒有她說的那麼好。

譯介國內作家作品

蘭熙早年寫詩，有詩集《一葉之落》（One Leaf Falls）出版。後來為了季刊犧牲了自己的寫作。她選譯過林海音女士的〈綠藻與鹹蛋〉和陳若曦女士的《尹縣長》。後者因為透露了大陸上「文革」的悲慘真相，時宜性很強，很受國際文壇注目。

蘭熙賦性豪爽，但仍保持女性的溫柔，她說她不喜歡**ni-ni nia-nia**的人，我猜大概就是扭扭捏捏、吞吞吐吐的意思。凡事要直截了當，講在當面。有人因此便說她太「洋派」。她說她小時候胖嘟嘟像男孩子，常常打架，因為玩伴們拿她的「混血兒」身分開玩笑。也許這正是她對國家意識特別敏感的原因。出國開會，隆重場合她一定穿旗袍。

還有一種人她也不喜歡，即她所謂「自以為」作風的人。大概是說一個人自高自大，「自以為」了不起。她佩服才智傑出的人，她更佩服傑出而謙遜有禮的人。

韓國已故外語學院院長鄭寅燮博士（Y. S. Cheung），英文寫作下過苦工，但講話略欠委婉。一次在漢城討論成立亞洲翻譯局，有人推鄭博士為主席。蘭熙則提議，「當然是林語堂最適當。」鄭博士故作幽默，說了一句，「林語堂是誰？」這句話把蘭熙惹惱，反唇相譏，把對方說得臉上一紅一白，不歡而散。可是，又過了幾年，韓國筆會碰上一個大難題，幾乎要被停權，幸由蘭熙居中折衝，終告解圍。鄭寅燮感動得老淚縱橫，稱蘭熙是「女皇陛下」。此後逢人就稱道她是大好人。大家成了好朋友。

在國際筆會中，蘭熙是各國代表中朋友最多、人望最佳的人之一。從英國的普瑞契特（V. S. Pritchett）、艾斯塔布（Peter Elstob）、秘魯的尤薩（Mario Vargas Llosa），許許多多名作家，有男有女，無分長幼，都稱許蘭熙是傑出的會員，「東西文化的橋梁」。

國際筆會選出蘭熙為終身職的副會長之一

後來，國際筆會選出蘭熙為終身職的副會長之一。中國作家當選這個職位的，在林先生之後僅此一人。我們的會，是一個弱勢的會（有相當長的時期，連會籍也是常常被人討論的問題），蘭熙能在八十餘會員國、八千會員中膺選副會長，主要靠的是個人的努力與奉獻，實至名歸。

某一年，王藍應友人之請，到夏威夷去接辦一家報紙，並定期到美國大陸講學和舉辦畫展，行期一年以上。他請我在中華路喝冷飲，告訴我未來計畫，要我接他筆會秘書長等職務。我說，「這工作蘭熙最恰當，你應該找她。」王藍說，「我不忍心再給她添麻煩，所以祇好害你。」此後又談了兩次，他說我不同意他祇好不走。我由此而成了秘書長。會長陳裕清先生赴美之後，我又被推為會長。苦海無邊，挨了好幾年。幸有蘭熙全力支持，工作順利進行。

會籍常遭打壓

出席各次國際筆會大會，蘭熙有充分準備，在各種紛歧意見中，每能排難解紛，達成圓滿的結論。那幾年間我們的會籍常遭挑戰，壓力大多來自東歐集團與某些傾共的代表，總想照聯合國的方式處理。我們當然全力因應，「保衛代表權」成為遠離文學而不能不重視的問題。一九七四年十二月在耶路撒冷舉行的第卅九屆大會，是相當驚險的一次經驗。會前得到友人輾轉告知，會中可能會通過北京入會、臺北退出的議案（臺灣稱之為「排我納匪」案）。我們分析情況，作好一些準備。到了討論會務那一天，上午我代表宣讀陳裕清先生的論文，旨在說明中國人的傳統文化觀念，表現在人生態度上的是「醇厚」（mellowness），文學作品則追求溫柔敦厚為最高境界。無形中批評了大陸上文革運動「造天下的反」是違反中國文化的。

下午的執委會中，蘭熙發言，說明中華民國筆會的沿革和近年的成績。強調我們一貫秉承筆會憲章的要旨，致力創作與增進人與人之間的了解。至於代表權問題，她堅定地說，「我們是中國人，生活在中國文化之中，使用中文寫作。我們絕不能否定自己的文化傳統。」我們的會籍不容搖撼。

她講完之後，一位赤面濃髯的先生，聲若洪鐘大聲呼籲，「我們筆會應有自己的立場，不應為外來的壓力所左右。這個問題以後永遠不應再提。」這位先生是國際流亡作家協會巴黎分會會長狄格瑞德（Pavel Tigrid）。我和他並不熟。他這番仗義執言的宏論，真令我們感動得幾乎下淚。那種感覺，至今難忘。

扭轉筆會命運的一次重要談話

蘭熙在各種場合的發言，以這一次最沉著，最委婉，也最明朗。我認為，那是扭轉我們筆會命運的一次重要談話。此後出現了臺北與北京各派代表團同席開會的情況。當然，中共在文革中種種表現，尤其是對寫作自由和作家們的打壓，使得若干親共人士也無言可發。「大家要好好對待臺北。」

另有一次是到南斯拉夫開會。我在東京取得簽證，卻又莫名其妙被撤銷了。由總會出面交涉，要我到倫敦再辦。蘭熙先和英國筆會的友人們飛往南國，我在倫敦催簽證。不料一聲霹靂，狄托元帥病故，南國宣布進入緊急狀態，封鎖邊境，簽證當然更不必談。因為消息隔絕，電話不通，我心中萬分焦急，萬一蘭熙有甚麼麻煩，而我卻在倫敦安然無恙，叫我如何向筆會友人們及她的家人兒女交代？幸好過了幾天，大會開完，她安然回到倫敦，告訴我「有驚無險」的細節。在會中她碰到大陸的陳荒煤等幾位，「陳是我的湖北同鄉。」這一次會反而成了兩岸之間的「破冰」之旅。那幾位大陸代表對蘭熙也很友好。後來我們和大陸文友打交道時，老一輩的巴金、蕭乾，到年輕的代表如金堅範等，都能和好相處。倒退三五年，這是不可想像的。

蘭熙擔任會長重責

我承乏會長職務兩屆之後讓賢，這個「賢」非蘭熙莫屬。前此我們就常常談到「繼起有人」的問題。有幾位好友如朱立民、侯健、吳魯芹等，本身有繁重的工作，年輕一輩中，余光中、朱炎先後挑起會務重擔。其實，筆會重要的基礎在會員，新會員都由執行委員會再三討論，主動約請入會。每一位會員都有夠份量的著作。譬如說，介紹林文月教授，祇要說一句「她是《源氏物語》的中譯者」，大家就明白她的份量。此外，如羅青、保真等都是學有專長、著作甚豐，並且勇於任事。

還有很多住在海外的朋友，如倫敦的楊孔鑫（Koon-shin Yang），如在德國的汪珏（目前卜居西雅圖），和在維也納的歐茵西（現任的秘書長），還有很多一時記不清的朋友，都曾為筆會奉獻心力，主要都是靠和蘭熙的友誼。有她一句話，大家都會奮勇向前，勞煩不辭。

為筆會熱心工作的一位朋友，是瘂弦，他不僅是一位傑出的詩人，也是一位幹練的組織者。蘭熙曾希望他和殷允芃女士能多多承當會務，但瘂弦在《聯合報》，允芃主辦

殷張蘭熙和朋友們，左起彭歌、蘭熙、齊邦媛、余光中、范我存。

《天下》雜誌，這想望未能實現。

季刊的編務，由齊邦媛教授接手，她和蘭熙同樣地一絲不苟，把工作看得比天還大。我和邦媛的兄長是好友，所以她也把我當兄長看待。論學問，她有了不起處。現任主編高天恩博士，學問好，人又穩重，為了策劃這本三十週年紀念特刊，他很早就著手籌備，並加緊催稿，希望對蘭熙創業期間的情況多所了解，這番用心，便有「繼往開來」的氣象。天恩稱道我們那一時期的筆會是「黃金時代」，其實，筆會一直在艱難困頓中，談不上黃金時代；不過，回想當年，三個工作伙伴同心同德，其利斷金，那種「安危他日終須仗，甘苦來時要共嘗」的心情，確實是此生最為深刻、美好，而且帶有悲壯意味的回憶。

筆會會員一百多位，「質重於量」是我們的共識。筆會本身並無財務基礎，出一本季刊全靠熱心人捐助，承辦會務一部分責任就是「化緣」。辦起事來不容易順手，蘭熙在這方面出力甚多。敦化南路的會所，是她的長女殷平新婚後的住宅。小夫婦去了美國，就由之浩先生作主，以幾百元或一千元的租金租給筆會。之浩兄有一次建議，「乾脆過戶給筆會吧。」我說，不可以。「第一，沒有那個道理。筆會也不知能辦多久，別忙著置產。第二，筆會恐怕付不起各種捐稅，還是象徵性地租用吧。」

蘭熙和我常常談到人才的重要。在她會長任內，又有彭鏡禧、高天恩、張漢良、宋美瑋等多位高手入會。那幾位年輕人曾被朱炎形容為「可怕」。他們是那樣用功，「兩三個星期不見面，一談話就感覺到他們的功力又有增進」。我最後一次參加大會，在葡萄牙所屬的小島上，便是和鏡禧、漢良同行。開會期間，蘭熙曾感到不適，在旅舍閉門休息了一整天，這是以前從未發生過的情形。我覺得這就是我們該退休的時候了。

這就是我們該退休的時候

一九九四年我從新聞界退休後，與兒輩相聚，卜居金山灣區。蝸居僻處山間，屋舍簡陋，平日絕少賓客外來。可是，蘭熙伉儷由公子作和開車，光臨寒舍，作半日盤桓。王藍兄嫂來住過一夜，涓秋嫂說，「你們灣區好冷」，因為沒有暖氣。說是四季如春，到了冬季還是不一樣。我和史菉也曾到舊金山城內或洛杉磯去看望他們。

蘭熙住在舊金山市區，鬧中取靜，眺望海天茫茫，景觀絕佳。她一向體魄康強，精神抖擻，頭幾次聚會，一如往日在臺北，歡談竟日，毫無倦容。後來有一次，她對我講到在店中買到一個磁質的小狗兒的經過，前後講了三遍，我覺得有些不對了。史菉暗說，「真想不到蘭熙會這樣。」我想起她往昔元氣淋漓、機敏靈動的情景，如今為老年疾病所困，令我萬分難過。

王藍住在洛杉磯，健康情況也不比從前。筆會老友們如魏爾雷（Arved Viirlaid）每次來信都要問候他們兩位。我起初總是說他們很好，不過不適遠行，所以無法去開大會，看老友。從今年我不得不略陳真相。

祝福老友平安幸福，筆會欣欣向榮

數十年間猶如彈指，世事滄桑，不堪回首。有些事變好，有些事變壞，而我們都已進入垂暮之境。這是無可如何的事。心中常常掛念坐輪椅的老友，祈禱他們平安幸福。我明白，自己也接近萬緣寂滅、悲喜無從的境地。過去種種努力，猶如海浪淘沙，不再留下痕跡，一切缺憾，衹好還諸天地。

我祝福中華民國筆會和季刊，以及每一位朋友，與時俱進，欣欣向榮。我這日漸凋謝的老兵，永遠以你們為傲。

——原載二〇〇二年十二月號《中華民國筆會季刊》，紀念季刊創刊三十週年

二〇〇二年十二月十六～十八日《中央日報．副刊》轉載

蘭熙的雙語書

在朋友之中，殷張蘭熙是最喜歡寫信的人。我曾勸她，「多作詩，少寫信」。可是她說，「詩可以慢慢來，但信不能等」。我承認，中華民國筆會在國外許多友人的聯繫和會務的開展，都跟她勤於寫信有關係。

她給我的信很多，往往長篇大論，從讀書、交友，談到生活狀況，她怕中文太潦草，大多是用英文打字；偶爾又想到英文不夠懇切，要寫寫中文。這一頁短箋，便是例子。當時她在臺北，我在金山灣區。她說她的房子空著，邀我和史棻可以住到她那兒去。

英文的那一段，告訴我在她住處附近，有幾家小館子，一家四川館味道很不錯。然後講到她的父執輩，「張伯伯仍住在醫院中，他的生日在我離臺北之後。所以，我在動身前要先去看望他，向他辭行。他已九十九高齡，照中國算法是一百歲了，真是了不起。他真是好命，得到兒媳婦那樣細心的照顧。他依然是位可愛的老人，心地十分清楚，喜歡有人來陪陪他。希望我們將來老了也有他那樣的福氣。祝福你和史棻，還有你的兒子們和全家人。」

中文的部分，是她把先前講過的邀請，再說一遍，她說家裡雖然亂，但廚房總可以用的，電視雖然把有線節目停了，還有幾臺可看。她還建議說「先立（她的哥哥）可幫你們去買些groceries等」。她處處為朋友著想，想得那樣周到、貼心。

那一次我沒有進城。後來她定居金山，我和史棻去她家好幾次，有時在家中便餐，有時就去下小館兒。這幾年她遷回臺北近郊，也快九十歲了。有非常孝順的女兒侍奉她，相信她會和那位張伯伯一樣享壽百歲以上。不同的是，她現在不寫信，也不作詩了。

The Taipei Chinese Center, International P.E.N.

5TH FLOOR, 33 LANE 180 KWANG FU SOUTH ROAD,
TAIPEI (105), TAIWAN, REPUBLIC OF CHINA

TEL: 7219101
CABLE: TAIPENCLUB

on Polk street, just down Green Street, so you can walk there and back, also several small restaurants on Polk street, even a very good Szechuanese restaurant (turn left when you get down to Polk street and you will see it on the right side of the street (Polk).

I am beginning to ramble. Must finish this and mail it before we leave for lunch at the Chang's...it is Tu-fen's birthday today. Uncle Chang is still in the hospital but his birthday is the day after I leave. So I will go and see him day before I leave to say Good-bye. To live to be 99...or as in Chinese count, 100, is quite something. He is very fortunate in that his daughter-in-law takes such good care of him. And he has remained lovable and clear minded, so still can enjoy people's company. Hope we will be like that when we grow old!!!

All the best to both you and Shih-fen, also your sons and family.

Nancy

Forgive the scribble — 打字快些而我的字又那么草，怕你看不出这些什么字!? 真的，我不是客气，你们也不用客气。我觉得你们两个人进城去住几天也很快活的。我那裡一切似得很同走之前的 pad 了，所有的书等等。但是 kitchen 总可以用。先生可帮你们去买些 groceries 等。就算度几天假好了。TV 也可用，虽無 cable vision 沒有 ch.[illegible] 只有几台可看。

落月滿屋梁

——憶王藍

故友王藍先生，終其身都是一個達觀宏識、爽朗開闊的人。我幾乎從來不曾想到過他竟也會有倒下去的一天。數十年契闊相知，一旦淹然物化，幽明永隔，在沉痛之外，更有說不盡的寂寞之感。「落月滿屋梁，猶疑照顏色」。今後永無把臂歡談、互傾肺腑、抵掌談天下事的機會了。

放棄作畫家夢想，離鄉從軍

王藍，字果之，原籍河北阜城縣。一九二二年九月三日在天津市出生。二〇〇三年十月九日在洛杉磯近郊逝世，享年八十一歲。在朋友心目中，他始終是一個「老少年」。

清末民初，河北省是首先發展輕工業的沿海省分之一。王藍的尊人創辦紡織工業，名重一方。王藍幼年度過溫馨富厚的生活，也養成愛好文藝的習性。青年時期，在北京入匯文中學。北京文物薈萃，當時市民不過一百廿萬人，中學卻有上百家。匯文與輔仁、育英、崇德等都是明星學校，也彷彿是幾所著名大學的預備學校。

可是，一九三七年蘆溝橋事件，抗日戰爭爆發，成千上萬的知識青年，間關萬里，走向大後方。王藍放棄了作畫家的夢想，離鄉背井，隻身獨往。在太行山區參加過就地抗戰的游擊部隊。後來轉往西安、重慶、昆明。

在重慶，他以沙場上的經驗與感受，寫出了一首長詩和許多短篇，成為有「抗戰司令臺」之稱的霧都重慶文壇上的傑出新秀。從淪陷區到後方的青年們，一腦門子想的都是愛國家，打倒日本鬼子，對國共黨派之爭，根本沒有多少了解。王藍因為受到國民黨的重視，左派文人便對他多方誣蔑。

一九四五年勝利之後，他回到天津，從事新聞工作，後來當選了國民大會代表。一九四九年政府播遷到臺灣，王藍夫婦渡海而南，懷著復興再起的壯志，開始了「花果飄零」的後半生。

這是我所知道的王藍家世背景，因為「義不帝秦」的悲壯心情，投身海隅，是一九五〇年代知識份子共有的經驗。

我們兩人有許多相同之處，河北人在天津出生，到北京念中學，戰時當流亡學生，他在昆明，我在重慶，完成了大學階段。一九四九年到了臺灣。但我們由初識而深交，主要是在身經大陸上的天翻地覆之後而萌生的憂患意識。誇大一點兒說，便是時下年輕人很難理解的「孤臣孽子之心」。

刻骨銘心的代表作《藍與黑》

作為小說家，王藍寫過的作品中，以《藍與黑》最為出名。書中主角張醒亞有作者的原型影子。自童年、抗戰寫到臺灣，「正是這大血戰、大勝利，到大崩解的過程」。這是他「痛定思痛」、刻骨銘心之作。我在評介中曾引前人詩句：「何須更待黃粱熟，始覺人間是夢間。」這是我們親身經歷過的噩夢。

《藍與黑》開始著筆時，王藍住在中和竹林路。他原在新聞界工作（《掃蕩報》採訪主任），因報社停刊而終止。一家生活靠涓秋嫂在臺灣書店服務的薪酬。王藍在那樣艱苦的環境下埋頭寫作，他說，他是「在太太的縫衣機上完成了這部長篇」。

在雜誌上連載時，這本書就引起文壇的重視。後來由他自辦的紅藍出版社印了單行本，封面是他自己設計的，兩個長方形錯列著，藍與黑，藍色象徵光明，黑色代表黑暗。張秀亞大姐為他作序，稱揚此書「具備了一種永恆的特質，表現出努力向上掙扎、百折不撓的意志。因之它能鼓舞當代，昭示來者」。

此書先後由林海音的「純文學出版社」，與蔡文甫的「九歌出版社」出了新版本，經一再增修，全文約四十二萬言。從初版至今，如果盜印本算上，印行超過一百萬本，被稱為臺灣文壇一株長青樹。

這部小說既具時代性，又富高度的戲劇性，所以先後改編為電影、電視劇、廣播劇和話劇，單是在舞臺上演出便在一千場以上。電影是由香港的邵氏公司拍製，當時最紅的明星林黛、關山等主演。依好萊塢的作法，小說家的作品改編電影，作者必可名利雙收。但王藍認為香港電影界肯拍攝他這樣「硬碰硬」的作品，其情可感，所以只收取一元錢版權費作為象徵。

有人開玩笑，說他是「一本書作家」。其實他還有《長夜》等書問世。退一步說，就算他祇寫過《藍與黑》，也堪稱不虛此生。一九五〇年代寫成的作品，五十年後的今天，依然活在許多讀者的記憶中，回顧前塵，這樣的書又有幾本呢。

兩岸最出色以國劇人物為題材的畫家

王藍的另一項長才，是他的水彩畫。到臺灣後數十年間，他花在繪畫上的工夫比別的事都多。

他的畫我也喜歡，可是說不出所以然。因為是國劇同好，他畫的國劇人物，我特感興趣。戲中人物，各有故事，要連劇情帶臺詞身段，全都了然於胸，讀他的畫就格外有味。從《拾玉鐲》嬌滴滴的孫玉姣，到《連環套》張牙舞爪的竇爾敦，一個個氣韻生動，栩栩如生。浙江中醫學院有位林乾良教授，在〈戲韻．詩情．畫意〉一文中盛讚王藍這一系列的傑作，王藍引為知音，特別影印了一份寄給我看。他的畫作印成畫集行世，有許多幅原跡，被國內外的美術館和收藏家庋藏。

王藍也畫風景和靜物，記憶中有一幅〈維也納街頭〉，畫的是一輛電車駛入冬晨的曉霧中，令人有如幻如真的迷離感。那一景物是我們在奧京開會早起閒步時所見，在他筆下，一瞬即逝卻進入永恆。

國畫大師張大千說，海峽兩岸用國劇人物為題材的畫家，「以王藍的作品最稱出色」。我造訪臺北外雙溪的摩耶精舍，看到大千畫室中懸掛的正是王藍的戲相。王藍自己當然知道，可是他從未對人提起來過。

喚醒各方人士重視文藝人才

我與王藍之間，由文字交而成知己，與筆會關係最大。從共同工作中我逐漸體識到這個人可愛可敬之處。他是能把許多性格不同的人揉合在一起、共同推動一件工作、不成不止那樣的人物。

剛到臺北之初，王藍用文字、用口頭宣揚他的看法。他認為，國民黨握有政權，領導抗戰有功，麾下五百萬大軍，在各行各業裡都擁有許許多多優秀人才。為甚麼會在短短三五年內被共產黨打垮？他強調，是因為忽略了「水可載舟，亦可覆舟」的人心變化。變化的首要因素，在於文藝。共產黨在各方面實力都遠不及政府，但他們善於運用文藝，成功地轉移了民心的向背。

這種說法，我覺得過分簡化了複雜的問題。把大陸淪陷的責任全歸在文藝頭上，似乎太言重。可是，試一回想勝利前後的景況，文學、戲劇、電影，以至一般出版界，的確都是左派的聲音大，群眾多。有些「同路人」的影響比共產黨人更廣更深。

王藍苦口婆心講這些話，因為臺灣已到了「退此一步，便無死所」的地步。他祇是要喚醒各方人士都能重視文藝人才和他們的工具，再不可散漫無歸，更不可淪為敵人利用的工具。

為了團結文藝界，有了「中國文藝協會」，一度由張道藩掛名理事長，幾位常務理事輪值辦事，王藍是很熱心負責的一位。

記得有一次在水源地一座舊樓上開大會，文協的會員號稱上千人，實際開會的大概有兩百多。王藍作主席，即席介紹每一位會員，雖不過是三言五語，但他幾乎能記得每個人的姓名、學歷、經歷、重要的作品，一一如數家珍（有時雖不免有些誇張溢美之詞），無形中增加了出席者彼此之間的認識和感情。這次見面給我留下深刻的印象，我們成為朋友或就由此開端。

開啟中日文學界交流之門

我在新聞界工作，過的是晝夜顛倒的生活，與外界鮮有接觸。文協之類團體，都只是掛名會員，一年一度應應卯。但後來加入中華民國筆會，被推選為秘書長、會長，都是出於王藍的鼓勵。

中華民國筆會出版的英文季刊，到去年冬已有三十年。季刊能持之以恆，不斷進步，以主編殷張蘭熙女士的貢獻最大。季刊的紀念特刊裡有好幾篇情意深長的文章。我在〈筆會與蘭熙〉一文中寫到王藍邀約蘭熙入會的經過，以及我們三個人協力同心為筆會打拚的回憶。此處不必贅述，有兩件事我要在此補充的是：

倡導一定要辦英文刊物面向國際的，是林語堂先生。主持編務數十年如一日的是蘭熙；可是，這本刊物最早兩三期的經費，全由王藍籌措。當時大家覺得錢太少，應該徐圖良策，謀定後動。可是，王藍說，不要再等，開了張再說。祇要貨色好，不怕辦不下去。他的樂觀態度，使季刊在先天不足的情況下創刊；以後越走越順，應了他的預言。

王藍（左起）、殷張蘭熙和彭歌，在旅途中。

籌辦在臺北舉行亞洲作家會議，我們全無經驗，真所謂「摸著石頭過河」，王藍到東京去，經中央社的「日本通」李嘉的聯繫，邀請到剛剛得了諾貝爾文學獎的川端康成參加。在鎌倉寓所，川端下跪迎賓，王藍一時愕然，但馬上就照著李嘉的樣子跪下來。回臺之後，他告訴我，「這是今生今世第一次向一個日本人下跪。」川端到臺北之行，開啟了此後中日文學界交流之門。

當年筆會遭遇困難重重，外有中共的打壓，各國左派的排擠，內有許多法令規章上的限制，辦簽證和請外匯尤其囉嗦。王藍都能放下作家和畫家的身段，到處奔走，有時看來幾乎不可能的事，他也能一一辦通，任勞任怨。

「廣交天下士」引為生平樂事

他這人重情誼，愛朋友，五湖四海，三教九流。別人有事找他幫忙，他總是來者不拒，成天到晚忙個不休。他全心全意待朋友，也希望朋友同樣待他。所以我有一回抱怨，「老兄，跟你交朋友，真累人。」

他少年出身豐厚之家，對飲食相當考究。喜歡下小館，接待南來北往的中外友人。筆會沒有錢，請客要自掏腰包。有一回，在中山北路一家甚麼樓，事前講好「大概七八個人」，最後實到了十六位。為了省錢，又不便變為兩桌，就加了幾個菜，客人側著身子才坐得下，有一位（好像是尼洛）半坐在我的腿上。幸好大家談興甚濃，賓主盡歡。事後我對王藍說，「以後千萬別這樣搞了。」他滿口答應，但以後也並沒甚麼改進。他的朋友實在多。

「廣交天下士」，他引為生平樂事。但不是為個人，他常說，「我們能多交一個朋友，就是替中華民國增加一分好感。」有時就不惜委曲求全。

某一次亞洲作家會議中，一位中東國家的代表，是曾任大使的詩人。他的夫人同行，還有一位女秘書。到了嚴家淦總統款宴的那天晚上，那位代表堅持女秘書和太太同等待遇，都要和各國首席代表一起與總統同席。這事不合國際禮儀，也不合我們地主國的風習（中國人雖然也有「包二奶」之說，畢竟小不見大，不容許總統宴上出席兩個夫人）。此事令王藍大費周章，勉強過了場。他背後當然有很多怨言，「這算甚麼玩藝？」

可是，後來那位代表回國之後，連續寫了多篇文章，為中華民國的自由繁榮而喝采，在中東地區幾個國家頗受注目。王藍說，「他對得起朋友。」

但也有的朋友，令王藍失望、傷心。

一九六〇年代，旅美的一位華裔教授，要到臺灣訪問，由於某些原因不能成行。輾轉找到王藍，王藍熱心協助，四處拜訪，經過一番周折，那位先生終於來到臺北。過了些時，又轉去大陸，走馬觀花之後，寫了一本以當代中國文學為題的小書。其中介紹大陸作家與作品，大捧《金光大道》等樣板作品，對臺灣一字不提。

王藍憤憤不平，後來在美國相見，當面責問他為甚麼要這樣作？那位教授倒也坦然，他說，「王先生不必生氣，你就當我是發一筆國難財吧。」他的書出了紙面本，銷路大概還不差。可是「四人幫」一垮臺，文革時期的樣板作品紛遭唾棄，某教授的書也就隨之進入歷史的灰燼中。在一次天然災變中，某教授不幸罹難。王藍說，「可惜一個聰明人，卻作了糊塗事。他利用我，我不生氣；發國難財的心態，我不能原諒。」

勿忘「歪脖兒樹」

另一件使王藍耿耿於懷的事，是大陸作家吳祖光的劇作《少年遊》，涉嫌「抄襲」了王藍的小說《一顆永恆的星》。此事發生在抗戰中期的重慶。他們兩人都是二十多歲的小伙子，而政治立場大有不同。

王藍認為，一部小說被劇作家再創作後搬上舞臺或銀幕，是常有的事，於劇作家無損。但吳祖光卻一口否認，而且對記者說，「並不認識王藍。」一經報章刊布，成為兩岸開放之後惹人注目的新聞。

臺北舉辦過一次座談，研究現代文藝史料專家秦賢次、劇作家賈亦棣等，都證明王藍的書出版在先，吳的劇作在後，其中很多「雷同」。在美國的王鼎鈞，更找到兩書逐頁比較，以「老吏斷獄」的精神，指出有幾十條證據。陳宏寫了一篇綜合報導「疑雲廓清」，判定抄襲是實。

為了這件事，我曾婉言勸阻。吳祖光曾被打成「右派」，文革期間下放北大荒；後來入了黨又被開除。「亂世文人，其命可哀」，連老舍、巴金那些前輩尚且不能自保，吳祖光是驚弓之鳥，苟全性命，他不敢說實話，其情可憫。我們身在自由天地，無法想像他們的處境。抄襲不抄襲，事實俱在，久而自明。

王藍默然以對，也許他還沒有完全同意我的話。

一九八八年八月，我們到漢城出席國際筆會的年會，遇到北京來的蕭乾；三個北方人一見如故。蕭乾談起「文革」的遭遇說，他在下放期間，每搬一個生地方，就要先到附近林野間去尋找「歪脖兒樹」。準備到了實在忍受不了的時候，就可以一條繩子結束自己的生命。蕭乾最後含著淚說，「那年頭兒，自殺和他殺是一碼子事，沒有甚麼分別。」

我們為大陸同道的不幸遭遇深感悲憤，同時，也為自己「苟全性命於亂世」之餘，還能作一些有意義的工作，感到慶幸。

在各種不同場合，王藍都一再呼籲大家，「不要忘了大陸上的文藝工作者。」他沒有忘記「歪脖兒樹」。

重情義，創辦「道藩圖書館」

王藍伉儷都是虔誠的基督徒，周日一定要進教堂；不過在朋輩中很少傳教。他們的長公子春步，在美深造後，回到臺北作了牧師。王藍曾有一部二手的奧迪車，後來捐給教會，他說，「我的兒子、我的車子，都奉獻給上帝。」

王藍是極重情義的人。有一件事值得稱道。

他早年受知於張道藩；張氏晚歲出任立法院長，顯赫一時，但對文藝工作仍不忘情。及其病逝之後，世俗哀榮之外，很快就被世人淡忘。唯有王藍感激知遇，獨力創辦了「道藩圖書館」，收藏文學美術圖書，以紀念曾拜師齊白石學畫的張道藩。王藍從勸募書籍，安排館址，約聘助理人員，一手操持。館的規模雖然很小，但因藏品多經精心選擇，很多古今中外名畫家的複製品和畫集，在別處似乎看不到。愛慕藝術的讀者伏首研摩，獲益匪淺；也使年輕一輩知道了道藩先生其人。

道藩圖書館一直辦到王藍出國，無法兼顧，才納入臺北市立圖書館的體系，繼續經營。

王藍性格爽朗，很會講笑話，是公認的文壇四大名嘴之一（另外三位是孫如陵、郭嗣汾和已去世的王大空）。像他調侃文友的順口溜，「天上的星星恆河的沙，劉紹唐的徒弟，袁睽九的她。」信口拈來，謔而不虐。

他講的笑話很多，在不同場合，不同聽眾之前，都有不同的題材。有一回是和軍中朋友聊天，他講了一個抗戰期間的笑話：某一位北方籍將領到重慶開會，回到戰區，召集官兵訓話。他說，「委員長很關心大家，要弟兄們好好幹，把日本鬼子趕跑。委員長還說，要咱們大家學習曾國藩。」在一片掌聲之後，有一個士兵舉手發言，「請問長官，曾國藩是誰啊？」將軍想了一想，說，「反正都是咱們西北軍的老人兒唄。」王藍慣於學各地方言，講笑話自己從來不笑。

在平靜中辭世

一九九八年歲暮，我接到王藍自臺北寄來的信，他經歷了一場「險象叢生」的大病。由陽明大學校長、名醫張心湜開刀。張大夫細心診療，說這次救活了王藍，「是一次perfect的傑作」，割去了右腎。他說他已略能下床行動，要我們放心。又說這是下床後寫的第一封信，醫囑要休養幾個月才能復元。

當時，臺北正有唐琪劇團演出《藍與黑》，雖是老戲，觀眾依然踴躍，主辦者從門票所得中捐出了二百五十萬元給「生命線」。王藍說這是意外之喜，「值得欣慰」。

不過，他也提到住院後「在美子女均相繼回來探視，當時感到一切虛空……住院前夕，突有兩名愛畫人來畫室，購買原畫數張，面對相當不少的鈔票，竟然如糞土一般的感覺。名利如浮雲……唯《藍與黑》敍述的歷史不容改也。」

後來，他來美養病，住在洛杉磯近郊。他曾到金山灣區訪友，在我家盤桓一宵。我也曾南下去看望他。他的精神很好，談興正濃。他到洛城時間不長，但身邊已聚集了好多位年輕朋友，有的跟他學畫，也有教堂裡的同道，都對他十分敬慕。北方話「掛人兒」，他有這個特長。

在涓秋嫂細心照顧之下，他最後的一段歲月，在平靜中過世，最後安詳長逝，永別人寰。

王藍的一生，是傑出的作家、優秀的畫家，是「很會辦事」的組織能手，是能夠「無中生有」、開拓新境的事業家。他對自己應該沒有甚麼遺憾。至於眼前時事，不必多說了。

歐陽修稱揚他的朋友石曼卿，是「廓然有大志」的「奇男子」，〈祭石曼卿文〉的最後幾句話：「盛衰之理，吾固知其如此，而感念疇昔，悲涼悽愴，不覺臨風而隕涕者，有愧乎太上之忘情。」

老友，安息吧。世間的風風雨雨，你已不必再操心。但是，我們都相信，善必勝惡，藍必勝黑，光明終將劃破黑暗，暗夜之後必有黎明。

——原載二〇〇三年十二月廿五～廿九日《聯合報・副刊》

王藍的最後一信

王藍愛打電話，愛聊天，不怎麼喜歡寫信。這封信是他給我寫的最後一封信。原文如下：

朋老兄嫂：

現在給您寫信，大有「再世為人」之感——弟于十月中旬在榮總住院月餘，大手術，把右腎整個割除了。十月底出院，遵醫在舍休養。手術順利（險象叢生，蒙上帝大恩典，活過來了），執刀名醫張心湜，陽明大學校長，特別細心診療，他自稱這次救活我，是一次perfect傑作（詳情容以後再報告您二老），現在已能下床散步，日益好轉，還需數月始可飛行。請您放心。這是弟大病大難復起後，寫給親友的第一封信。

「藍與黑」上演前，接您手示，令人感念。該劇意外叫座，居然由唐琪劇團捐出了二五〇萬元臺幣給「生命線」，令人欣慰。特另寄上一些剪報。話又說回來，藍劇演畢不久，弟便住院，在美子女均相繼回來探視，……當時當然感到一切虛空

——住院前夕，突有兩位愛畫人來畫室購原畫數張，面對相當不少的鈔票，果然如糞土一般感受……名利如浮雲……唯「藍與黑」敘述之歷史不容改也……

友人與醫師均鼓舞弟，說是一個腎的人世上不少，幸振甫老先生就是一個腎。好吧，朋老兄嫂，您的表弟如今是「單腎人」了。祝福！

弟藍拜　八七年十二月十二日

王藍比我年長，他常自稱「表弟」，是他的習慣，他後來未能完全康復，這封信竟成絕筆。

月娟：

毛子給你寫信，大有「再世為人」之感！「手術，十月中旬在榮總住院月餘，大手術，把右腎割除了。十月底出院，遵醫在舍休養，手術順利（臨床葉主任，研究士泰中大恩典，活過來了），執刀名醫時光漢，陽明大學校長，特別細心診療，他自稱是一次「院長」傑作（這次救活我，）（詳情容以後再

中央日報稿紙

25×6＝150

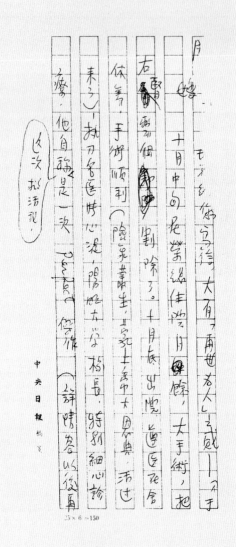

報告您二老），現在已放下本職業，日益好轉，還需數月始可能行。請您放心。這是在大病大難復起後寫給親友的第一封信。

「藍與黑」上演前，接您的手示，令人感念。該劇意外叫座，居然由唐琪劇團捐出了250萬元台幣給「生命線」，令人欣慰。將寫上一生無曾版。話又說回來，藍劇演

中央日報稿紙

25×6＝150

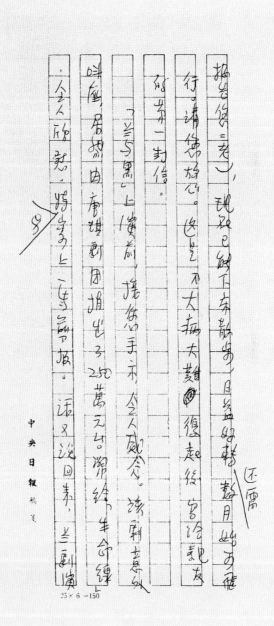

畢不久，即便住院，在美子女均相繼回來探視……當時當然感到一切虛空——住院前夕，曾有兩位學畫人來畫寫睛某畫數件，面對相當不大的缺點，果然一如書上一般感受……名利如浮雲……唯有臨與畫之敘述之歷史不容改也……

友人與醫師均鼓舞我，說是一個聰明的人世上不少，幸能有老吳兄就是一個聰明，如他，聰明老也變，你們的表弟如今是「晚年聰人」了，祝福！

弟 黃臨稱 [illegible] 手書 12月12日

25 × 6 =150

輯三·暮春絮語

《自由談》歲月

——悼念趙君豪

應時運而生的《自由談》

二〇〇五年是第二次大戰勝利六十週年，也是臺灣光復六十週年。《文訊》雜誌精心籌劃特刊，談談光復以來雜誌出版界的情形，意遠情深。回顧前塵，展念來茲，都是很有意義的事。主編封德屏女士不遺在遠，徵文海外，邀我談談《自由談》自創刊、發展以至結束的始末。我襄助創辦人趙君豪先生，主持編務十多年，經歷過開闢草萊的艱難階段，也分享過家喻戶曉的光榮時代，今天提筆寫這篇小文，一在說明《自由談》獲得讀者愛賞而贏得極高聲譽的原因，一在紀念君豪先生致力文化出版事業的眼光與胸襟。斯誌斯人，理當並傳不朽。

一九四九年大陸局勢變化，中央政府播遷臺灣。在兵荒馬亂之後，激起了臥薪嘗膽的覺識。先總統蔣公復行視事之後，誠如傅斯年先生所說，「三軍得帥，中樞有主」，人心不再浮動，社會危而後安。出版界、文化界也都呈現了一番新氣象。

當時臺灣經濟尚處於「農業輔助工業」時期，大規模出版事業難以立足；又以政局所限，新聞事業面臨嚴格限制。民間的雜誌業遂次第興起以補不足，《自由談》的創刊，可謂應運而生。

《自由談》採十六開型，每期一百頁到兩百頁之間，每月月初出版，數十年間，從無脫期或延後等情形。

重要的內容，以「山水，人物，思想」為主，在綜合性、文藝性、知識性之間。

創刊時銷路約兩千份，到第三年突破一萬份，是民營雜誌中第一家。

由於發行量廣大，廣告收益可觀，《自由談》是最先作到經濟自立自足的刊物。在當年的環境下，十分難得。

《自由談》的成功，首應歸功創辦人趙君豪的眼光和毅力，趙先生是新聞界前輩，原籍江蘇興化，生於民國前九年五月九日，民國十五年在交通大學畢業後，進入中國報業史上最老牌的《申報》服務，他進入新聞界那一年，我剛剛出生。我們應算是兩代人物。

記得我在重慶初入政大新聞系之時，讀到趙先生所著《上海報人之奮鬥》一書，其中講述民國三十年底日本軍閥派兵進入上海租界，新聞界志士在孤島上與敵偽搏鬥的經過。那一輩熱血志士，斧鉞當前，威武不屈，被敵人逮捕，被漢奸暗殺者比比皆是。趙先生正是被敵偽捕緝的對象。他身歷萬險，逃出虎穴，寫成此書。我讀後深受感動，對作者景慕萬分，但無緣識荊。

踏入《自由談》編輯工作

民國三十八年我畢業後到臺灣，進入謝然之老師主持的《臺灣新生報》任編輯。業餘則以寫作自娛，不時有小說和翻譯作品發表。有一天，總編輯王德馨先生忽問我「有無興趣編一本雜誌？」據他說老友趙君豪囑託他物色適當人選，他認為我足可勝任，便來徵求我的意見。我因對趙先生早有印象，又得王先生鼓勵，就一口答應下來。這本雜誌就是《自由談》，從第二期開始，編務由我負責，稿件經王總編輯轉來，我和趙先生一直沒有相見。

可是，過了不久（三十九年五月間吧），趙君豪應謝社長之邀，出任《臺灣新生報》副社長兼總經理，這位上海「望平街的老兵」回到新聞戰線。自此之後，親承教益的機會較多。但因我上大夜班，豪老工作繁重，白天賓客滿席，我很少到他的辦公室。

他漸亦了解我這個人疏懶成性，除非有特別要事交代，很少找我面談，彼此間信札往還，幾乎天天都有。

豪老與老《申報》關係深厚，《自由談》之定名，與《申報》副刊同名，自有眷戀故舊之意。他曾為中國旅行社主編《旅行雜誌》，歷二十年，自稱是「讀過最多遊記的人」。本來有意在臺北恢復「旅誌」，可是因兩岸隔絕，臺灣景點有限，觀光事業尚未成風尚，所以退而求其次，在《自由談》列山水為第一重點。豪老交給我一大包稿件，其中有些便是大陸遊記的存稿，多為名家手筆，支撐了場合。可是，此後的發展還得從加強人物、思想入手。文藝創作與翻譯，尤為急需。在這方面，豪老籌思大方向，我則全力執行。我晚間九時以後，到報社編要聞版，往往到凌晨四時以後下班。次日中午起身，除了讀書寫作之外，就把精力與時間奉獻給《自由談》，但也從工作中累積了許多寶貴經驗，是在國內外大學新聞系和研究所裡都學不到的。

豪老雖曾有鐵血抗敵、不恤生死的大勇氣；但平日待人接物，雍容謙和，其溫如玉，對人從無疾言厲色，處事從不率意而行。人無貴賤，事無大小，他都表現出虛懷若谷、傾誠相待的氣度，而且不辭繁劇，不怕囉嗦，大原則不動搖，小枝節不忽略，他在事業上的成功絕非偶然。

他認為，民營出版物要辦得好，首先要經濟獨立，因此他開始就重視廣告來源與市場升降。這與我們在講堂上所講的道理似有出入。

豪老是新聞界先進，又是國大代表，並因交大校友身分，許多企業界精英人物都是他的好友。所以廣告由少而多，很壯門面。內容越來越充實，廣告也隨之水漲船高。憑內容爭取廣告，得廣告改進內容。當年還沒有「取之於社會，用之於社會」的流行口號，但《自由談》的收益幾乎完全用於內容的充實創新。很多老讀者至今猶津津樂道，懷念不已。

寫得出好文章就是值得尊重

每期卷首第一篇，豪老稱之為「頭題文章」，最能見他約稿與選材的手段。譬如說，早年出國不甚方便，有人出國開會，有人剛從海外回來。有人對文化思想上重大問題頗有獨得之見，或有人正在寫一部得意作品，這些消息豪老無不留意，並能在最適當時機提出請求，使對方無可推辭。像王雲五、張其昀等多位大老，都是如此。

豪老常說的一句話是，「好好伺候作家」，在他心目中無所謂大牌小牌，寫得出好文章就最值得尊重。有一次為了約心理學家陳雪屏先生文章，相談幾個小時，他奉上一聽茄立克香菸為敬（彭註：一聽，即一罐，約五十枝。依當年情況，如送四聽外國菸那就算重禮了）。趙先生事後告訴我，「如果送厚禮，反顯得生分。我這是投其所好，心到神知」。這件小事可見他「伺候」作家，出於摯誠。

有些作家是不拘形跡的老友，有些位被網羅在編輯委員會裡，其中阮毅成、周君亮、伍稼青、劉家麟等先生貢獻最多。周先生是張岳軍幕府中的大筆，所寫「小人物傳記」逐期連載，轟動一時。阮先生學貫中西，法學專精，於新舊文學無不涉獵，世人皆知臺灣的地方自治法規的建立，大多出於阮氏之手。其實，他寫過多篇小說（每篇都換了筆名），描摹亂世男女悲歡離合之情，無不絕妙。伍先生寫遊記、劉先生寫掌故都屬高手。他們都是《自由談》最忠實的讀者，每有聚會，一定把內容優點缺點仔仔細細檢討一番。阮先生議論縱橫，最為風趣。他曾任《中央日報》社長。過了多年之後，我也受命擔任那一工作。阮先生猶不時賜教，並予支持，前輩風範，令人難忘。

由「山水」擴而廣之，自臺灣到海外，國際通訊網已不限於遊山玩水，兼及國故民情，在歐美和日韓等國之外，寫稿的作家遠至非洲。我們國際通訊網的人才之盛，水準之高，為許多報紙所豔羨不已。

海外作家以留學生居多，所謂「留學熱潮」，《自由談》無意中成了推手之一。很多位後來都成為名家。

國內的作者，大別可分為兩三類，一類是文藝作家，以小說、散文、小品為多，像孟瑤、琦君、郭嗣汾、吳魯芹、周棄子、黎東方等。周、黎諸位惜墨如金，但他們為

《自由談》寫的幾篇文章，至今仍為人傳誦。

另一類是專業的非專業作家，包括工程師、醫師、船長、飛機駕駛員、律師、教授、軍人等不同行業的人。他們在本行裡有很好的成就，出其餘緒，妙手成章，又因其獨到的經驗和感受，當行出色，甚至是專業作家所難能。

創作之外，翻譯作品也很重要，林友蘭、周新、黃文範等多位，都是主力支柱。長篇小說逐期連載，在今天已是不可想像的事，當年都極受歡迎，讀者願意等待。記得有一篇〈海明威忠告青年〉，我們刊出後的幾個月，臺北報紙還有譯載，豪老對我們「眼明手快」的工夫頗為得意。

《自由談》出過若干次「專號」，有時是事前妥加設計，也有時只是湊巧累積了幾篇同性質佳作，正好一氣推出。有一回是「泰國風光專號」，有一篇很精采的文章，題目是「泰國首都的佛寺」，我經再三斟酌，改題為「黃衣滿街寺滿城」，符合作者原意而脫俗，豪老看到後大為激賞。信上稱之為「點鐵成金」，並在和朋友談論時，把這一個小小題目當作例證，「《自由談》就是與人不同」。他這樣的獎勵，令我感念之外，更加上了凡事都要時刻用心，作到與人不同才好。

每年舉辦一兩次徵文，是《自由談》的大事，也是轟動文壇的大事。一次在新年特大號，徵文對象以經常撰稿的作家為限，雖然限題目限字數，每次都能獲得意料之外的好成績。但編這個專號特別吃重，一是來稿篇篇精采，字字珠璣，前後安排，煞費苦心。而且徵文雖言明以不超過多少字為限，事實上很少有不逾限的，自不得不作必要的刪減，刪文稿而不致招致作者不滿，是對編者的大考驗。

另一次徵文，宣布題目和範圍，公開徵求佳作，成果之豐碩也常常令人喜出望外。前文所說的「專業的非專業作家」，有不少位就由此項徵文而來。

我自少年遊走四方，戰時經中原、西北，在重慶入大學，在南京畢業，隨即到臺北工作，因而對地域觀念比較淡漠，少有所謂本省人、外省人的分歧觀念。文章寫得好，何必分省籍？不過當年臺省籍作家人數較少，為我寫稿者有廖清秀、鍾肇政（九龍）、雞籠生（陳炳煌）等，即由徵文與《自由談》結緣。

漫長編輯歲月的點滴回憶

豪老對我謬加信賞，有關編務，他除了事前偶有約稿，出版前要親自校閱一遍之外。不加任何干預，一切由我作主。我因此更須勤慎其事，考慮周詳，以無負託付。偶有他交來稿件，不適用者我照樣封還，並略陳理由，他都能尊重我的決定。唯一的一次例外，是有位青年的短文，內容平淡，但豪老力促一定要登。原來那位青年與女友相戀，好事將偕，女方家長對他的人品學識都無不滿，但提出一個要求，一定要那青年有

《自由談》合訂本。（文訊雜誌社提供）

一篇作品在《自由談》刊出才算「及格」，豪老說，「我們就成全人家的好事吧」。現在算來，那一對夫婦早該是含飴弄孫的年紀了吧。

辦雜誌十分艱辛，走過這條路的人才真體會得到「一文錢難倒英雄漢」的苦況。《自由談》聲譽鵲起之初，慘澹經營，不知究竟能辦多久，臺灣省主席吳國楨，號稱政壇第三位要人（在蔣總統和陳誠院長之後），他曾任上海市長，與豪老有舊，曾致意願由省府出資，支持《自由談》，豪老當即婉言謝絕，事後把經過告訴我，並且說，「錢要我們憑本事賺來才有意思。況且拿人手短，無論是官方的或私人的好處，沾染上都會後悔。」後來吳國楨離開臺灣，大唱反調。豪老說：「你看如何！」

民國四十九年，我參加第一屆中山獎學金考試，倖獲錄取，摒檔赴美就學，向豪老懇辭，並且借箸代籌，向他建議接手編務的人選，豪老都不肯答應；他為我小宴話別，兩人對談，他拉著我的手用上海話說，「我們是多年的小弟兄了」。豪老較我年長二十歲以上，這句話裡所含的親切情誼，令我一輩子也忘不了。結果是仍由我掛名，編務則由內子史棻代行。史棻處事謹慎負責，有過於我。我在美三年多期間，由她一路代勞，豪老對她的工作稱賞有加。我回國之後，更無法推卸，直到民國五十四年，接任《臺灣新生報》副社長兼總編輯，忙得害失眠症，才得到豪老諒解，同意辭去名義，我前後主持編務約十五年。

在漫長歲月中，值得回憶的事和人太多太多，我無法一一敍述。存在國家圖書館裡的合訂本，是最完整的答案。在那動亂的時代背景下，《自由談》是很多讀者的好友和良伴，好像一個溫柔敦厚的人，總是帶著鼓勵和安慰的心情，充滿信心，攜手向前。

《自由談》刊登過太多精采的作品。有一個小小例子：小說家朱西甯多年前曾對朋友說，《自由談》是在臺灣刊物中最先發表張愛玲作品的。聽到的人輾轉向我求證，這件事我記得清楚。

張愛玲在抗戰後期的孤島上海成名。民國四十年代，在臺灣，她似乎還是「不便公開」的人，也沒有她的作品可讀。我從一處私人藏書室裡，找到她的《流言》，十分拜賞，覺得這樣的作品實在應該公開，就抄寫了幾篇，在《自由談》刊出，這便是張女士作品「登臺」的第一聲。當時的反響不錯，但也有人批評我「膽子不小」。那時還沒有複印機，又不便轉託他人，我是一字一字從書上抄下來付排的。彼時「智慧財產權」不像今天這樣鄭重其事，我作的行為其實是侵犯她的權益，我只是喜愛她的風格，沒有多想。後來張女士到了香港，發表《秧歌》等小說，再經評論家夏志清在《中國現代小說史》裡特加推崇，已是名滿天下。類似的事情，《自由談》常常嘗試，也算是走在前面。

隨著豪老仙逝而退隱

《自由談》有一個先天的弱點，那便是自始至終都沒有一個正式的機構和一套嚴格的制度。豪老和我都是兼差，雖然我們都盡心盡力要把它辦好，畢竟脫不了「業餘」的格調。我們的想法是「先湊和著辦，將來……」。

不幸的是，豪老於一九六六年十一月六日因癌症逝世，享齡六十五歲。趙夫人吳靜波女士秉承遺志，維持《自由談》繼續出版。每月初新誌印好之後，趙夫人都要焚化一本，告慰於豪老靈前。

在我兼理編務期間，先後協助我跑印刷廠的，有張國鈞、查立平兩位，都是《中報》的班底。國鈞年紀輕，衝勁強，後來以他的上海經驗，以章君穀筆名寫成《杜月笙傳》，是可讀性極高的一部傳記作品。立平則不苟言笑，彬彬君子，晚年在美病逝。

在我離開之後，接任編務者先後有黃肇珩女士（中央社記者，後任《中華日報》社長）、石永貴（《新生報》記者，後任《中央日報》社長、臺視總經理）、續伯雄（《新生報》記者，旅美作家）等，皆屬一時之選。我常常想，如果天假以年，豪老能夠活幾十歲，有這一群年輕好手相助，《自由談》應可更加蓬勃發展，枝繁葉茂。

不過，天下無不散的筵席，人間的事業，盛衰榮枯，周而復始。《自由談》雖已隨著趙君豪先生的仙逝而逐漸退隱，但在臺灣光復後的二三十年間，凝結人心，啟導善意，對社會發生過若干看不見、說不出的積極推動、開導向上的作用，值得大家懷念吧！

後記：

本文原載於《文訊》月刊，二〇〇五年十月號。同期並有中央大學中文所博士生顧敏耀先生「《自由談》論述」一文，對《自由談》的發展與內容，作了詳切客觀的評介，極有參考價值。

顧先生文中指出，「《自由談》一九五〇年四月創刊，至一九八四年七月停刊，時間長達三十四年又三個月，出刊至三十五卷七期，總共出版四百餘期。發行網遍布五大洲，每期的海外郵寄訂戶的地址，有三十九個國家之多。」按當時全球只有六十個國家。

暮春絮語

新聞與文學之間

《紐約時報》三月三日有一條新聞標題很吸引人，「馬奎斯擁抱舊愛」。七十二歲的馬奎斯，難道還要鬧甚麼「臨老入花叢」的花邊新聞嗎？

馬奎斯於一九六七年完成了《百年孤寂》而揚名國際，一九八二年獲得諾貝爾文學獎。可是，他說：「新聞事業才是我唯一愛好的行業，我一直以新聞記者自居。」但是，他得過獎之後身價大增，「大概因為我太貴了，沒有報社要用我。」最近他自掏腰包買下了哥倫比亞首都波哥達的一家新聞週刊，並親自參加編採工作。他說笑話，「我是出了錢才謀到這個工作。」

讀了這篇新聞之後，頗有私心竊喜之樂。我半生都有機會為新聞事業工作，寫稿，一直都是別人付錢給我。我也一直很喜愛這個行業。但同時又覺得有一些遺憾。

新聞工作強調客觀公正，求實求新。小說創作則要發揮主觀的情感和想像力。新聞與文學寫作好像是兄妹，彼此很親近，但性格不同。為了新聞工作忙了幾十年，沒有能全心全意從事創作，自己覺得有些對不起自己——其實，就算真能全程投入，結果如何也很難說。這不過是自己原諒自己、為自己開脫的說法罷了。

想來想去，應該說自己已經是有福的。我不需要繳學費，卻在新聞工作中學到了一些寫作的技巧和作人作事的道理。

默想死亡，創造新生

文學寫作，遲早會碰到一個問題：為甚麼要寫作？「可憐辛苦事雕蟲」，嘔心瀝血，為的是甚麼？

現成的答案之一，是「文以載道」。有人看到這個「道」字，覺得它不免陳腐而有道學氣。

較新式的說法，「為人生而藝術」，「為藝術而藝術」；把人生和藝術對立起來，甚至提倡唯美。其實，嚴格地說，唯美也是一種「道」，一種信仰。文學的價值，應該在載道和唯美之上，有更高一層的意義。

這次來臺北之前，重讀了巴斯特納克（Boris Pasternak, 1890-1960）的長篇小說《齊瓦哥醫生》（*Dr. Zhivago*）。他本是一位詩人和翻譯家，卻憑這唯一的一部長篇小說獲得了一九五八年的諾貝爾文學獎。那已是四十一年前的事，巴氏逝世也已三十九年了。

他創造「齊瓦哥」這個人物，姓氏源自俄文裡Zhivoy，有生命和活力的涵義。專業是醫生而又愛好文學藝術的齊瓦哥，經歷了俄國共產革命初期的狂風驟雨，顛沛滄桑，卻始終保持著不屈不撓、元氣淋漓的人格。為了這部小說，當時備受蘇俄當局的打擊誣衊，獲得諾貝爾獎而不容於自己國家的，巴斯特納克可能是第一人。

巴氏於一九六〇年逝世，沒有能看到共產帝國土崩瓦解的壯觀情況。然而，《齊瓦哥醫生》裡所寫的種種非人性的情景，無異是新時代的預言。

不過，他最關心的，不止是對現實的反映和批評，而是更深邃的生死問題。

書中有一段描述，給我留下了十分深刻的印象。齊瓦哥在參加一位長輩的葬禮後，走過一片積雪未融的墓園——

他一個人走在大家的前面，偶然停下來等待他們。為了回應那些慢慢地跟著的人們因死亡而感到淒涼，他自然而然地趨向夢想、思考、創造新形式、創造美。他從來沒有比此刻更生動地了解到，藝術不斷關注的有兩點：它永遠在為死亡默想，而且永遠在創造生命。一切偉大的真正的藝術，都是在模仿並延續聖若望的啟示。

聖若望的啟示是，前面並無死亡，因為過去的已經過去。生命老朽，人們對生命感到厭煩。需要的是一些新東西。這新東西就是永恆的生命。

生生不息，代代傳承，從為死亡默想之中悟解生命的莊嚴意義，然後在不斷創造之中，使生命充實光大，浩浩蕩蕩，勇往直前。中國聖賢強調的「天地之大德曰生」，應該也就是這個意思。

中國人經歷的驚天動地的動亂和悲劇，不減於齊瓦哥醫生。默想死亡，創造新生，在無路中走出生存之路來，就是文學上的「道」吧。

給青年朋友的贈言

對於年輕的文學同好們，我有三點建言，不敢以「心得」自居，但信於人有益，不是廢話。

第一，有志寫作，要當下就寫，不必遲疑。有人說，一個真正的作家和一個「可能成為作家的人」，最大分別正在於此。立志寫作，馬上就要努力去寫，並竭力盡心試圖照著自己要求的「最好」的標準去寫。如果你想，「等工作不忙的時候」，「待收入穩定之後」，或者「搬了家，安定下來再開始」，理由可能很多，結果你就永遠寫不成、寫不好了。

第二，寫作的人應該多寫多讀。我建議無論如何要多讀一些舊詩，漢唐宋各朝都有永垂千古的傑作。詩不僅是最精粹的語言，也是最精粹的思想。過去，為了新舊之爭，把古典作品看作「另一類接觸」，一個中國作家如果沒有這份欣賞力，是他自己莫大的損失。

杜甫、李白、王維、李商隱、蘇軾、陸游，都是我崇拜的詩家。退休之後，更能欣賞「晚年惟好靜」的王維詩。

陸放翁有一段跋文中讀到：

余年十七、八時，讀摩詰詩最熟，後遂置之者，幾六十年。今年七十七，永晝無事，再取讀之，如見舊師友，恨間闊之久也。

好詩令人終身受用無窮。年輕時未必全懂，閱歷深了自然能懂。讀詩並不是為了鍊字鍛句的技巧，而是更高一層、更深一層的思想和感情。時代變化很快，但詩裡面的「中國心」，卻是古今一貫的。

第三，我更希望年輕人要多多欣賞中國戲，尤其是國劇。歷年存下來的國劇劇目，約三百種，其中以《三國演義》、《西遊記》、《水滸傳》、《紅樓夢》等古典小說為題材而編成的戲，至少在一百齣以上。這些戲也可說是古典文藝作品的具象化，其情節、人物、唱作，乃至服飾、伴奏、道具等，是中國民間藝術的綜合體。看戲是一種娛樂，也是另一種方式的文學學習。

國內近年來愛好音樂的氣氛很濃，從古典到流行音樂，大家耳熟能詳。不過卻以西方音樂為限。我在國外，看到青年們對音樂、戲劇的狂熱，不禁想到我們自己的情形。聽說大陸和臺灣一樣，欣賞國劇的人越來越少了，這是很可惜的事。美國的文藝青年很少沒看過莎士比亞或尤金奧尼爾的。所以我提出這個建議來，請青年朋友們以讀書的心情，看幾場國劇，慢慢就自然會領略到其中好處。

看破了，但仍放不下

不知是否由於世局激變、心靈空虛的關係，在臺灣和海外，佛家的信奉者似乎越來越多了。有位淨土宗的淨空法師，在舊金山電視臺上每週有半小時節目，我偶爾也洗耳恭聽一番。

釋迦牟尼佛在世間弘法傳經，歷時四十九年。其間花費了二十三年的時間，專講一個道理，那就是「般若」。

般若，即梵語Prajñā的音譯。據《大智度論》所下的定義是，「般若者，秦言智慧，一切諸智慧中最為第一。」

圓通上智的般若，包含兩層意義，一是「看破」，一是「放下」。看破人間的盛衰興亡，悲歡離合，參透人情的貪嗔癡妄，善惡是非，一切變幻，到頭來無非是一片虛空。

能看破所以才能放下，打破一切偏執妄念，返本皈真，成就身心無礙的自我。淨空法師說：「看破是學問，放下是功夫。」能看破又能放下，才是般若的充分發揮。

暮春三月，正是鶯飛草長、欣欣向榮的季節。回顧陽春烟景，雖有「看破」的學養，但仍未能安心放下。塵緣未斷，世累猶深，春蠶餘絲未盡，蠟炬尚有餘溫。所以，能寫的時候還是繼續寫下去，放下筆好像小時候要逃學，是很難為情的事。

——原載一九九九年三月二十八日《聯合報．副刊》

外一章 再說幾句話

——寫給陳總編的信

總編大人：

日前接到你的電話，十萬火急，如何如何；我一時覺得好緊張也很開心。已經好多年沒有出書，更不必說再版或增印。《憶春臺舊友》居然再次上市，要謝謝九歌朋友們的努力。

你說，「隨便寫點甚麼都可以」。我說，「寫作怎可隨便」。你看，就憑這句話，便「儼然大家風範」了吧。

你又說，「你的文章向來很快，想到就寫，一揮而就」。可是，你忘了，那是「以前」，現在我已八十有五，衰朽之年，「好漢不提當年勇」，從前一天寫一萬字的那股傻勁，早就沒有了。

文章寫不出，信倒是還可以寫，所以用這種方式，你休怪我偷懶。

關於「憶春臺」，我沒有什麼新的見解提出，可以補充的是：

第一、詩人周棄子是了不起的才子，我在寫《憶春臺舊友》之後，才讀他去世之後出版的那本文集，其中收集他的詩作與書信，十分珍貴。我曾經許下願心，要為他的文集好好寫一篇評介，但蹉跎至今，未暇執筆，這是我放不開的一樁心事。

第二、關於高陽。他晚年出版的若干小說，因為我身在海外，未曾讀到。這兩年在圖書館裡找到一些，對於他下筆之勤，甚為佩服。不過，我覺得其中有幾本，可能是被出版界盛情相邀之下寫的，似乎未能保持著「珠簾玉座」系列的水準。如果他今仍健在，我就要跟他好好談談，這一分老交情還是有的。他已是「歷史小說」作者中的典範，像《粉墨春秋》，似乎不值得寫。以他的素養，《李鴻章》應該寫得更好一點。不知他會不會怪我吹毛求疵。

第三、柏楊去世，是二〇〇八年四月間的事。彼時我仍在海外，那些年都沒有來往。本來有機會問問他對許多事情的「最後看法」，沒想到他匆匆走了。我總覺得他還有話沒有說出來。

人總是要死的。「春臺」這個小集會，到如今真可說是凋零殆盡；至於當年的那些人、那些作品，也就是「船過水無痕」了吧。現在想想，連我寫這樣的文章和你們替我出這本書，彷彿也都是多事了。

一個人老來不免有落寞感，這也就是我曾引白居易的詩句：「人生莫羨昔長命，命長感舊多悲辛。」

但是，活得久些也有好處，就是可以看到許多事情的結局和許多人物的下場，所謂「完結篇」吧。

因為你要我寫點甚麼，害得我又把《憶春臺舊友》從頭到尾看了一遍。我倒覺得寫殷張蘭熙和王藍的那兩篇更見精神，因為那裡頭有事，有值得稱道的事。對他們兩人的敬意，亦對春臺那幾位朋友另有一重情味。當然，現在要重訂書名是來不及，也沒有必要。都是已昇天界的朋友，多餘的話不必說了。

總編大人，你覺得我這樣講講，可以交卷嗎？

彭歌

二〇一一年十月二十日

特載：

溫柔敦厚的典型

——懷念梁實秋先生

1

梁實秋先生於中華民國七十六年十一月三日逝世，享壽八十六歲。梁先生是與胡適之、林語堂等先生同時代的大師，他畢生致力於文學的創作、翻譯、研究和教學，他的作品不僅風行海內外，在來日的文學史上亦必享其崇高的地位，作為一個深受其益的後輩和讀者，在哀悼之外，更有一種超越生死之上的懷念之情。

孔子論詩教，以「溫柔敦厚」為正宗。在我心目中，梁實秋先生其人其文，可說就是「溫柔敦厚」的化身。每次寫文章，寫到溫柔敦厚這四個字的時候，心目中不期然便浮現了梁先生的笑貌音容。

先說兩個小故事，都是梁先生親口告訴我們的。雖是日常身邊的細事，亦頗可見梁先生處世待人的風格。

梁先生自三十八年到臺灣，就在師範大學教書。歷年來及門弟子，何止三千。他對學生們視同兒女，培植呵護，事事關心。有一個青年人，梁先生說「他很有才氣」；但是為了一個什麼原因，幾乎不能畢業，後來經梁先生力爭終於拿到了文憑。那位青年當時自是感激涕零。可是他後來到了海外，以「中間偏左」的姿態辦刊物和出版社。臺灣當時盜印之風猖獗，被人稱為「盜印王國」，那位青年技高一著，在海外翻印國內作家的書，梁先生的幾本書亦赫然在焉。

梁先生自師大退休之後，有段時間住在美國女兒家中閉門著述。聽到了這件事，當然不以為然。後來，那青年跑到美國，在梁府住了一晚，向他的老師「解釋解釋」。「你們想不到，這位老弟有多麼能『白活』，」梁先生笑吟吟地說，「『白活』這兩個字，在北京土語裡兼有「能言善辯」和「花言巧語」的意思。「他講了幾個鐘頭，我聽了幾個鐘頭，說到末了，我不但不能跟他計較什麼版稅之類的事，反倒覺得我應該感謝他才對。」

梁先生對此事付之一笑，以後也從未再提；但他心中不能說毫無餘憾。梁先生說：「我的專業是教書，寫作只是我的業餘嗜好。」這番意思，在他的文章裡不止一次提到過，「就某某這個例子看來，我辦教育大概也不算十分成功。」他只是自責，而從不責人。他所感到不滿的，不是為了個人的權益受損，而是為了末世澆漓之氣而痛心。

其實，梁先生杏壇講學，作育菁莪，直接間接影響了、造就了不知多少人才。中年一代的，像已去世的《文學雜誌》主編夏濟安教授，像對白壁德人文主義作了深刻研究的臺大前文學院院長侯健，都把梁先生當作老師一樣。像臺大出身而曾受教於梁先生的余光中，像在海外的梁錫華，像在梁先生指導之下編字典的傳一勤等位，還有更多我不認識的人們，上過他的課，讀過他的書，受了他的教化啟導，對社會有貢獻，在文學上有成就的，不知有多少人。就以教育而言，梁先生亦無愧乎經師人師。

2

另一個小故事，與北京有關。

梁先生是出生在北京的杭州人，有幾位朋友，像何凡是南京人，海音是臺灣人，葉曼是湖南人，都在北京住過多年，以北京為第二故鄉。我雖是河北人，十八歲離開北京沒有再回去過。所以偶有文酒之會，大家的話題不是談文學，而是喜歡聽梁先生講古。

有一回，梁先生忽然說：「臺北也有厚德福了，你們去過沒有？」「厚德福」是北京有名的飯館之一，地道的北方風味，說起來原來是梁先生家中的產業。臺北出現這塊招牌，顯係冒名。「於是我就去看看。跟他們開個小玩笑。」

抗戰勝利那一年，文藝界舉辦慶祝勝利的集會，梁先生和老舍曾表演過一場空前絕後的雙口相聲。梁先生口才之好，以及他的幽默感，是大家都知道的。他講起那次「厚德福經驗」，慢悠悠、笑咪咪地詳細敍述了他如何走進店堂，如何點菜，如何在飯後找來了店中掌櫃的，「跟他盤盤底」。那掌櫃的好像也是北方人，聽說是「正主兒」到了，不免誠惶誠恐。梁先生重述那一番應對問答，彷彿是一場精采的戲，笑得我們前仰後合。

「到最後，我要付帳。那掌櫃的說：『既然是少東家來了，哪兒有讓您花錢的道理？』」

「那您難道就可以享受不花錢的晚餐了嗎？」

「推來推去，不大像樣。那頓飯算是櫃上請客了，我就把該出的錢當小帳，給了跑堂的。而且，我臨走之前，還傳授了他們幾手祕訣，當年厚德福的兩樣名菜，用的什麼刀法，講究什麼火候，這些竅門兒，我一講出來；連掌杓的大師傅也連稱佩服。」

梁先生教的什麼菜，早已不記得了。臺北的厚德福我們沒去過，後來聽說已經沒有了。

我猜想，梁先生重訪厚德福，無非是出於念舊與懷鄉之情；「跟他們開個小玩笑」，則是在平淡的人生中的小小情趣。人與人之間皆是善意，人世雖平淡而亦可親。梁先生的言談處世，和他的文章一樣，唯是溫柔敦厚之風。

3

在這個動亂的大時代中，個人的遭際並不都是平平穩穩的，更確切地說，每個人都曾有痛苦艱難的經驗。像民國三十八年的大悲劇中，梁先生以一介書生，舉家南遷，輾轉道途，流離失所。可是，像他在〈平山堂記〉裡所寫，記述從北方到廣州暫時託足中山大學宿舍中的窘況，那樣的簡潔，又那樣的生動，在他的筆下，沒有絲毫怨懟之詞或沮喪之情。他們全家侷促斗室之中，其實是兩家人合住在一個小房間裡；隔壁人家燒飯，「炊煙嬝嬝隨時可以蕩漾而來」。當時有幾百個從山東流亡來的青年學生，更無依託。「我的孩子眼淚汪汪的默默的拿了十元港紙，買五十斤大米送給他們煮粥吃，那一夜，我相信平山堂上有許多人沒有能合眼。」每讀此文，都讓人想到了杜工部的大風歌。

在身經國破家亡，骨肉乖離的大動亂之後，梁先生的文章裡絕少說個人的疾苦，而唯是堅持其愛國愛人的信念，勤勤懇懇，在他自己的崗位上盡其心力。這種不忮不求，無怨無尤的風格，正是溫柔敦厚的實踐。

梁先生是文壇的前輩，他是最早與魯迅展開論辯的大筆；在中共的文件中，梁先生曾是和胡適之、林語堂一樣被用來作為「反面教員」來批判的人。在臺灣和海外，凡是談及魯迅，大家都希望聽聽梁先生的看法。梁先生認為：「魯迅已經死了好久，我再批評他，他也不會回答我。他的作品在此已成禁書，何必再於此時此地『打落水狗』？所以自從他死後，我很少談論到他。」抗戰時期，他寫過一篇〈魯迅與我〉；在臺灣，則僅有一篇〈關於魯迅〉。這篇文章雖然不過幾千字，但和鄭學稼先生的〈魯迅正傳〉一樣，都是認識魯迅必須讀的。

梁先生指出：「魯迅本來不是共產黨徒，也不是同路人；而且最初頗為反對當時的左傾分子，因此與創造社的一班人齟齬。」又說：「不要以為魯迅自始即是處心積慮的為共產黨鋪路。那不是事實。他和共產黨本沒有關係，他是走投無路，最後逼上梁山。他從不批評共產主義，這也是不假的，他敞開著這樣的一個後門。所以後來共產黨要利用他來領導左翼作家同盟時，一拍即合。」這只是一種互相利用的關係。

魯迅的特色，是他的尖酸刻薄，梁先生分析這個「在北洋軍閥政府中的教育部當一名僉事」的魯迅：「一生坎坷，到處『碰壁』，所以很自然的有一股怨恨之氣，橫亙胸中，一吐為快。怨恨的對象是誰呢？禮教，制度，傳統，政府，全成了他的洩忿的對象。」梁先生指出：「他的國文根柢在當時一般白話文學作家裡當然是出類拔萃的，所以他的作品（尤其是所謂雜感）在當時確是難能可貴。」

這種刀筆吏式的尖酸刻薄，作為零星的諷刺來看，也許有其價值，「但是要作為一個文學家，單有一腹牢騷，一腔怨氣是不夠的，他必須有一套積極的思想，對人對事都要有一套積極的看法，縱然不必即構成什麼體系，至少也要有一個正面的主張。魯迅不足以語此。他有的只是一個消極的態度，勉強歸納起來，即是一個『不滿於現狀』的態度。」

任何時代任何社會中，總有一些令人不滿的事存在，因此，「不滿於現狀」本是人情之常。「但是，你總得提出一個辦法，不能單是謾罵，謾罵腐敗的對象，謾罵別人的改良的主張，謾罵一切，而自己不提出正面的主張。而魯迅的最嚴重的短處，即在於是。」這是一針見血之論，也是對於愛好文藝寫作的人們最好的箴言。因怨恨而流於偏執，雖或能取快一時，終是於事無補。不幸的是，從這種消極心態出發而從事寫作的人，到今天也還是有的。

魯迅翻譯過俄共的「文藝政策」，是他全心投入共黨陣營一個重要的轉捩點。不過，梁先生說：「可是我至今還有一點疑心，這一本書是否魯迅的親筆翻譯，因為實在譯得太壞，魯迅似不至此。很可能的這是共產黨的文件硬要他具名而他又無法推卻。」而那東西也只有它階段性的功用。如所周知，此後俄共文藝界遭受大整肅，盧那卡爾斯基，蒲列漢諾夫，瑪耶卡夫斯基，全都遭受了最悲慘的命運。到今天，大陸上雖然仍然把魯迅的作品當作「樣板」一樣地推崇，當年奉為「經典」的文藝政策，已經很少有人提起了。

魯迅早年在北京，寫過一本《中國小說史略》，梁先生說那是魯迅在文學研究方面「唯一值得稱道」的成果；「在中國的小說方面他是下過一點研究的功夫的，這一本書恐怕至今還不失為在這方面的好書。」這是「不以人廢言」的公平態度。

梁先生總結的一句話是，魯迅「有文學家應有的一支筆，但他沒有文學家所應有的胸襟與心理準備。他寫了不少的東西，態度只是一個偏激」。

中共在文藝界的排名，歷來是以魯、郭、茅、巴為先後。魯迅受中共利用、特加「推崇」的本錢，亦唯在偏激而已。以偏激為出發，諷刺謾罵，否定一切，對於幾十年前亟以奪權為務的中共，是切合需要的。但若要談到「建設」，不論是什麼階段，連利用也無可利用了。魯迅如果活到「文革」，其下場如何，很難說了。

4

梁先生文章中，曾多次引用英國評論家安諾德（Matthew Arnold）的名言：文學家之於人生，必須要「沉靜的觀察人生，並觀察其全貌」。人情千縷，人生萬象，狂熱中要保持清明，愛憎中要不流於偏執，才能夠看得完整，看得清楚，所謂溫柔敦厚，寬諒和平，義在其中矣。

梁先生對文學的基本觀念，用簡單的一句話來概括：「文學是人性的描寫。」人性至為複雜，往壞處說，人本來是獸，所以人常有獸性的行為，飲食男女，是獸性；殘酷的鬥爭和卑鄙的自私，也是獸性。我們翻開每天報紙上的社會新聞版，隨時隨地都可以找到例證。但是，梁先生對於「不僅是獸」的人，抱著比較樂觀的看法：「人有理性，人有較高尚的情感，人有較嚴肅的道德觀念，這便是我所謂的人性。」人有普通的人性，無分古今，無間中外，正所謂「此心同，此理同」。不過，由於生活形式因時因地不同，呈現的問題也容有不同；基本的人性則皆是一樣。因此，梁先生認為，發掘人性，了悟人性，予以適當的寫照，人性中的喜怒哀樂，人生中的悲歡離合，就是無窮盡的寶藏。托爾斯泰在〈藝術論〉中主張，「藝術是一個人所經歷某一種情感之後，有意的把那情感傳達給人之一種活動。」梁先生頗同意這一論斷。他說：「我們不必同情於他的宗教的熱狂，但他攻擊美學之貧困及時下文藝之頹廢，是合理的。」

梁先生引托爾斯泰為同調，不認為文學是「純粹藝術」。文學的題材是人生，而其工具是文字，所以和音樂、圖畫、建築等有別：「特富於人生的意味，換言之，即道德的意味。」如果以真善美為藝術的最高境界，文學首先最注重「善」。作為梁先生的讀者，我們覺得貫串在他作品中的精神，正是對於「善」的追求。這即是溫柔敦厚的風格之所從來。

5

梁先生對文學另一個重要的主張，是他極力批判「文學工具論」（或「武器論」）的錯誤：

「把文學當作工具，即是說，文學本身並無價值，乃在於它能達成我們另外要求的一個目的。例如，有人說一切文學都是『宣傳』（為階級的利益而宣傳），亦即是一種『武器』（階級鬥爭的武器）……馬克斯標榜『科學的』思想，倡導絕對的唯物主義，影響到文學理論上，其結果便是文學乃階級的產物，實際的行動家更進一步主張文學乃階級鬥爭的武器。這種看法近來相當普遍，不僅馬克斯主義者如此信仰，即反對馬克斯主義者亦往往接受之——不承認其『階級論』而單接受其『武器論』！在這種信仰下，文學絕對是工具。」

文學與社會環境當然有關，梁先生指出：「但是我們要注意，這關係不是機械的，不能有一定的公式。」同時，「反映社會生活固然是事實，但並非文學的價值之所在。」他用一個最簡單的譬喻，來反駁「工具論」者：「世上一切事物皆可作為工具，文學當然亦可作為工具。對於使用者有益，對於文學無損。但是不要忘記，這只是借用性質，不要喧賓奪主以為除此即無文學。切菜刀可以殺人，不要說切菜刀專作殺人之用！」

自馬克斯、列寧以至毛澤東，一脈相承都把文學限制在「工具」範圍之內。毛澤東的「在延安文藝座談會講話」，構成了「工具論」最狹隘的條條框框，文學除了作「無產階級的鬥爭工具」之外，便一無是處。這樣嚴酷的教條，籠罩大陸文壇數十年之久。中共當權者至今強調的「四個堅持」，自亦包括這種驅役一切的「文學工具論」在內。今天，大陸上的文藝工作者，已有不少人明白了這個道理：「不要說切菜刀專作殺人之用，」所以要追求文藝的人性化和自由化；中共之惶惶然要壓制所謂「資產階級自由化」，最害怕的一環正是文藝界不再甘於作鬥爭的工具，而要打破條條框框，爭取「觀照人生」的自由。

6

梁先生的書，《雅舍小品》、《秋室雜文》、《文學因緣》，小品中皆有大義，親切溫和之中，顯現著嚴正的、擇善固執的光輝。他所譯的《莎士比亞全集》和晚年完成的《英國文學史》，是他以多年精力，專注耕耘的成就，嘉惠後學。來臺以後數十年間，他的生活都在平靜安和中度過。他不曾主持什麼文藝團體，不喜歡別人稱他為大師。有人要他談談文壇大勢，他開玩笑說：「文壇在哪條街？門牌幾號？」他反而對一些主持報紙雜誌的後輩們說：「你們才是文壇的舵主，文壇盛衰，你們也要負起責任來。」對於有志於文學寫作的青年們，他總是殷殷勸勉：「文學家要有文學作品，不是空嚷嚷的事。」他對每一個愛好文學的人都抱著厚望，他自己畢生勤懇寫作，留下了榜樣。我們懷念梁先生，更尊重他那在平和之中始終堅持信念的溫柔敦厚的典型。

——原載民國七十六年十一月十八日《中副》
梁先生安葬之日

九歌文庫1103

憶春臺舊友

作者　　彭　歌
發行人　　蔡文甫
出版發行　　九歌出版社有限公司
臺北市105八德路3段12巷57弄40號
電話／02-25776564・傳真／02-25789205
郵政劃撥／0112295-1
九歌文學網　　www.chiuko.com.tw
印刷　　晨捷印製股份有限公司
法律顧問　　龍躍天律師・蕭雄淋律師・董安丹律師
初版　　2009（民國98）年12月
增訂版　　2011（民國100）年12月
定價　　220元

書號　　F1103
ISBN　　978-957-444-802-9
（缺頁、破損或裝訂錯誤，請寄回本公司更換）

國家圖書館出版品預行編目資料

憶春臺舊友／彭歌著. -- 增訂版. --
臺北市 : 九歌, 民100.12

面；　公分. -- (九歌文庫 ; 1103)

ISBN 978-957-444-802-9(平裝)

855　　100021578